AS NoVENTA HAVANAS

capa e projeto gráfico **FREDE TIZZOT**

revisão **MELISSA MACIEL PAIVA**

tradução **NYLCÉA THEREZA DE SIQUEIRA PEDRA**

©Dainerys Machado Vento, 2019
© Editora Arte e Letra, 2023

M 149
Machado Vento, Dainerys
As noventa Havanas / Dainerys Machado Vento; tradução por Nylcéa Thereza de
Siqueira Pedra. – Curitiba : Arte & Letra, 2023.

140 p.
ISBN 978-65-87603-54-4

1. Contos cubanos   I. Pedra, Nylcéa Thereza de Siqueira   II. Título

CDD   Cub863

Índice para catálogo sistemático:
1. Contos: Literatura cubana   Cub863
Catalogação na Fonte
Bibliotecária responsável: Ana Lúcia Merege - CRB-7 4667

Arte e Letra
Curitiba - PR - Brasil
Fone: (41) 3223-5302
www.arteeletra.com.br - contato@arteeletra.com.br

Dainerys Machado Vento

AS NOVENTA HAVANAS

trad. Nylcéa Thereza de Siqueira Pedra

exemplar nº 089

Curitiba
2023

Índice

Por uma garrafa de rum..7

Dieguito, o escritor..13

A vidente..7

A hipócrita...19

O City Hall..21

Vazio, 1994...27

Um biquíni verde...37

Mal de família...43

Don't smoke in bed...49

As manhãs de sábado..55

Made in URSS...57

Pique só um pouquinho...63

Fique..67

O gringo...77

Minha amiga Mylene...81

Como Carrington...85

Confissões de adulto..91

A editora..93

História da garota que apanhou
por romper a ordem natural das casas e das coisas.................97

Sobre a autora..110

Sobre a tradutora...111

Por uma garrafa de rum

Para Arellano, saúde.

Tirou a língua para fora e sacudiu a garrafa em cima dela. Não caiu nem uma gota. Cada vez que fazia aquele gesto, sua língua parecia ter vida própria, se contorcia no ar, treinada na tarefa de absorver os restos de álcool que tinham desaparecido. Cada vez que fazia aquele gesto, era sinal de que estava completamente bêbada.

Depois, costumava se aproximar de alguma janela, onde começava a xingar quem passasse pela frente. "Perneeeta, você é um tremendo vagabundo." "Sariiita, puta." "Tô me fodendo pra tua mãe, seu puto." Seu repertório era vastíssimo. Pouco importava se conhecia ou não as pessoas porque, no final das contas, não se lembrava de ninguém. Nem de si mesma. Mas, naquele dia, tudo foi diferente. Quando sua língua se convenceu de que na garrafa só restava o vazio, seu corpo já não ameaçou ir até a janela. Me olhou nos olhos e me lembro que me surpreendi com a sobriedade da sua voz quando me disse: "vamos fazer alguma coisa juntas, magricela. Vamos roubar uma garrafa de rum".

Eu tinha onze anos e um talento nato para aventura. Queria ser bombeira, e como não fazia a mínima ideia de que Valentina Tereshkova tinha viajado para o espaço, pressentia que estava predestinada a ser a primeira mulher astronauta. Os acontecimentos que a gente desconhece permanecem intactos na imaginação, como se nunca tivessem existido. Então, aceitei rapidamente sua proposta, ainda que eu não bebesse rum e tivesse um buraco enorme no estômago, porque não tinha comido nada desde a noite anterior.

Assim que saímos para a rua, agarrou minha mão. Pela força do apertão, soube que a sobriedade da sua voz tinha sido ilusória. Ela era puro álcool. Esta frase ("ela é puro álcool") eu tinha inventado há alguns anos, quando ainda me divertia vendo como tropeçava nos próprios pés, e escutando sua língua trôpega tentando recitar uns *Versos Sencillos* de José Martí. Com o passar do tempo, a situação se tornou cansativa, principalmente pela raiva que começou a manifestar cada vez que tomava três tragos, e também porque suas bebedeiras se tornaram cotidianas.

E lá estávamos nós, passando vergonha em plena rua, como tantas outras vezes. Caminhávamos em zigue-zague sob um inclemente sol de agosto, até que demos de cara com María. Ela disse meio em voz baixa: "María sapatão". Era a única vizinha que eu sentia prazer que ela ofendesse, sóbria ou ébria. "María, puta; María, talarica; María, vagabunda", pensei, eu que não tinha um rosário de insultos tão vasto, mas que odiava María mais do que ela. No entanto, a ofendida cumpriu com o ritual de sempre, revirou os olhos e fez de conta que não tinha ouvido nada.

Paramos em frente à porta da casa de Virgilio. Ela bateu três vezes, como se sua mão direita pesasse três quilos. Não teve resposta do outro lado, nem cadeiras arrastadas, nem o "já vai" afeminado com o qual o dono da casa sempre respondia aos vendedores ambulantes que traziam velas. Nada. Convencida pelo silêncio, empurrou a porta. A densidade do vazio no qual submergimos interrompeu abruptamente o meu talento para aventura. Sussurrando, comecei a rezar: "Santa Maria (outra Maria), mãe de Deus, rogai por nós os pescadores". Repetir a ladainha me acalmava, mesmo sem nunca entender bem o sentido.

Estávamos entrando na casa de Virgilio, a bicha mais endinheirada de toda Havana, curandeira e fumante exclusiva de charutos Cohibas, com fama de dedo-duro voluntária, cagueta, delatora da polícia, que podia se dar ao luxo de viver com a porta aberta porque sabia que ninguém se atreveria a entrar, a mesma que usava batas chinesas durante a noite e dormia com ar-condicionado no quarto. Ela fechou a porta atrás de nós. Me lembrei que corria o rumor de que Virgilio era uma das poucas pessoas de Havana que podia fazer quatro refeições por dia. Seu nome era uma lenda. Ninguém sabia se na sua casa sempre tinha carne pela força dos seus santos, pelos feitiços dos seus colares iorubás, por sua entrega desenfreada ao sexo com dois generais-bichas enrustidas das Forças Armadas ou por tudo isso ao mesmo tempo. E nós, suadas e cheirando a álcool, entramos na casa-santuário de Virgilio, de onde todos sabiam que, a não ser que você fosse vendedor de velas, bicha ou curandeiro, era melhor se manter longe.

Senti um nó no estômago. "Bruxa! Fedida! Tomara que te dê dor de barriga." A música mais sem lógica do mundo grudou na minha cabeça. "Bruxa! Fedida!". A sala totalmente escura, "Bruxa! Fedida!". Aquilo não era um jogo, não tinha "exit", nem volta atrás, apenas "game over". E "Bruxa! Fedida!".

Ela se bateu em uma poltrona de couro, que soou como se fosse de vidro. Puta merda, que susto eu levei. Se virou e me mandou ficar quieta. "Estúpida", ela disse. E eu ainda pensando na bruxa da música. Do lado direito da sala que atravessávamos, vi um balcão de madeira, onde estavam penduradas dez taças que quis imaginou talhadas, com bordas douradas, com florzinhas. Apontei o tesouro com o dedo. "Ali tem que ter rum." Mas, de novo, ela me mandou ficar quieta. "Estúpida, esta bicha deve guardar o Havana Club na cozinha, ali só deve ter cachaça pra dar pras visitas." Jamais pensei em contrariar sua lógica, no fundo, eu a respeitava muito. Mas eu sabia que dois dias antes ela tinha tomado o frasco de água de colônia que meu pai tinha mandado para mim por María. "Tome a cachaça mesmo", eu disse. "Fique quieta, filhadaputa", e continuou andando, tentando manter o equilíbrio entre a escuridão e seu nível de álcool.

Chegamos à cozinha. Me parou na porta e me disse: "Você fica aqui e vigia". Por um segundo, gostei do pedido. Me lembrou daquela época em que costumávamos ser uma família feliz e a mãe estava viva e brincávamos que ela me proibia de entrar na cozinha para que eu não me queimasse com o óleo quente que pulava da frigideira quando fritavam batatas. Minha mãe me dizia para eu parar na mesma entrada da porta onde ela estava me obrigando a parar tantos anos depois, ainda que, na sua versão, não tivesse batatas fritas, nem óleo e nem fogão aceso. Sua ordem não tinha nenhum sentido. Nós estávamos no último cômodo de uma casa que não era nossa. Nada mais, nada menos que na casa de Virgilio. Se alguém entrasse pela porta da sala, – inclusive se eu percebesse que alguém tinha entrado – de qualquer jeito estaríamos presas como baratas em uma lata de querosene.

Escutei como ela mexia nas coisas. Destapou uma panela. Não dava para ver nada em meio à penumbra, mas, de repente, pude sentir o cheiro de feijão-preto, espesso e morno. A velha fome me aguçava os sentidos. Me fazia perceber a cor de cada coisa, imaginar sua textura. Aquele era feijão-preto, com certeza era preto, e tinha cominho e pedacinhos de carne de porco e manteiga e uma colherzinha de açúcar e uma pitada certeira de sal. Maria, mãe de Deus! Outro nó no estômago me fez lembrar que a fome é mais forte que o medo quando competem para ocupar um corpo. Eu estava extasiada com aquele cheiro e sentia que o tempo se alargava, diluindo o espaço. Me esqueci do perigo. Imaginava que, assim que ela encontrasse a bendita garrafa de Havana Club, quem sabe eu pudesse me afundar naquela panela de feijão, nadar no feijão, morrer feliz de uma indigestão de feijão.

Então ouvi ranger a fechadura da porta que dava para a rua. Não era Virgilio. Ele tinha nos visto entrar dez minutos antes, no exato momento em que descia do Lada branco de um de seus generais-bicha enrustida. Imediatamente tinha mandado buscar dois dos seus afilhados, que eram policiais do Quarto Batalhão.

Minha avó só resistiu um pouco, quando a tiraram arrastada da cozinha. O álcool e a idade inibiam suas forças diante daqueles dois negões de quase dois metros, vestidos completamente de azul. Sua língua, porém, ainda tinha vida própria. "Você é um tremendo dedo-duro, Virgilio, um tremendo cagueta." Porque em Cuba você pode ser bicha e curandeiro e vendedor de velas e tudo o que quiser, mas não pode ser dedo-duro. "Vai pra merda, velha porca, vai catar os animais que você chama de família", ele disse e cuspiu no rosto dela. Eu pulava na ponta dos pés, invisível, distante. Com duas lagrimonas escorrendo pelo rosto, segui os policiais com a esperança de que quisessem dar apenas um susto e soltassem minha avó na calçada.

Mas, não. Quando a colocavam dentro da viatura, ela me olhou mais uma vez com uma sobriedade que me era desconhecida. Abriu uma mão e deixou cair um pão besuntado de feijão. Era preto. Eu sabia, merda, eu sabia! Corri até o pedaço manchado de caldo e pó. Peguei e o limpei na minha coxa. Fazia tudo mecanicamente, enquanto meu corpo se desfazia em soluços. Me sentei na beira da calçada. A viatura desaparecia na rua. Eu comia e chorava, comia e chorava. Sabia que minha avó não voltaria para dormir naquela noite, e o feijão não tinha um pingo de cominho. O feijão do dedo-duro do Virgilio tinha ficado muito salgado.

Dieguito, o escritor

Diego tinha sonhado mais uma vez com sua tia Mariana. Acordou suado e ficou sossegado entre os lençóis desarrumados. Dissimulando, como se alguém pudesse vê-lo, desceu a mão, primeiro coçou o saco e, depois, começou a bater uma punheta. Foi uma espécie de contato casual, como o toque que evoca uma conquista. Mas, lá embaixo, logo responderam com firmeza. E Diego só precisou bater umas dez vezes antes de molhar os lençóis. Era assim toda vez que sonhava com sua tia Mariana, ou com Julia, a melhor amiga da tia. Tinha lido que Vargas Llosa, García Márquez e pelo menos mais outros dois escritores tinham se apaixonado por alguma tia.

Diego mantinha a esperança de que sua obsessão por sua tia Mariana e por seus peitos caídos de solteirona festeira fosse apenas um prenúncio do grande escritor que seria ao chegar aos 30 anos. Por isso, não se furtava completamente da fantasia, ainda que algumas vezes se sentisse um pouco culpado. A tia Mariana passava dos 60 anos e, ainda que se mantivesse bem fisicamente (carnes firmes, atitude jovial, cabelo pretíssimo e comprido), tinha vários sinais que a excluíam do grupo das mulheres desejáveis. Os amigos de Diego, por exemplo, jamais enquadrariam Mariana entre as suas MILF. Os sacanas gostavam mais da bunda gigante da mais jovem e apetitosa Julia. Mas Diego sonhava mais frequentemente com a tia e se masturbava às suas custas. As adolescentes de peitos incipientes não lhe despertavam nenhum interesse. Suspeitava que, como Vargas Llosa, só começaria a gostar das magricelas de 19 anos quando chegasse aos 50. Diego estava tranquilo com isso. Não se sentia culpado, quando fosse a hora, abandonaria sua esposa e procuraria uma novinha. Afinal, assim era a vida.

O que mais o envergonhava do seu último sonho e seu desejo incessante era que Mariana, assídua fumante de tabaco preto, tinha perdido os dois dentes da frente. É certo que a tia, vaidosa como era, foi ao dentista durante vários dias para tentar resolver o problema. Primeiro não tinha água, depois a enfermeira tinha ganhado uma viagem com tudo pago para a Nicarágua, depois a filha do dentista tinha se mandado para a Flórida em uma lancha, depois aconteceu um apagão de seis horas. Mas a tia, estoica, todos os dias, às sete da manhã, amanhecia no dentista fazendo o impossível para resolver seu "probleminha", do qual falava somente cobrindo a boca com um lenço branco. Era tanta sua fixação por manter a juvenil aparência do corpo inteiro, que desde que os dois dentes caíram começou a usar decotes mais pronunciados. Diego conhecia esta estratégia: era para chamar a atenção dos seus interlocutores para outro lugar. E estava funcionando, pelo menos para ele, que não conseguia parar de pensar naqueles peitos.

Mariana usava o lenço sobre a gengiva nua com tanta veemência que Diego não se lembrava de tê-la visto uma única vez sem os dentes. Por isso, naquela manhã, durante as dez punhetadas de sua masturbação, tinha conseguido evocar tia Mariana íntegra, saborosa como ele lembrava, com seus dentes pequeninos adornando um rosto maduro, mas sempre sorridente, uma boca diminuta e rosada, que ele sempre se perguntava como poderia invadir com um pau tão grande quanto o dele. Em meio a tantas elocubrações, pronto para o segundo round do descarrego hormonal, ouviu que batiam à porta. Pulou rápido da cama, enrolando os lençóis molhados, como se tivessem amanhecido assim naturalmente. Passou a mão pelo pênis, quase ereto outra vez, precisava colocá-lo dentro da bermuda, camuflá-lo dentro da bermuda. Já vai, já vai, já vai, foram mais ou menos as pala-

14

vras que repetiu enquanto corria para a porta do quarto para abrir a fechadura. Abriu e outra ereção foi inevitável. Diego viu tia Mariana na frente da porta, com seu vestido amarelo ajustado na cintura, e um decote quadrado que mostrava o paraíso no meio dos seus peitos. A tia estava com o lenço branco escondendo a boca, mas a imagem continha toda a sensualidade com a que Diego poderia ter se masturbado outras dez, doze manhãs. No silêncio que começava a parecer-lhe incômodo, a tia falou finalmente: "Pronto, Dieguito, já colocaram os dentes", e tirou o lenço branco dos lábios, deixando descobertas duas monstruosas fachadas branquíssimas, que sobressaíam sobre seus lábios rosados, desfigurando todo o rosto. Diego não soube o que dizer. Nem precisou falar nada, porque, atrás dela, apareceu sua melhor amiga, Julia, com um sorriso enorme e a notícia de que ela também tinha decidido arrumar os dentes com o mesmo dentista filho da puta de Mariana. Naquele instante, Diego soube que jamais seria escritor.

A vidente

Quando eu era pequena, tinha fama de ser vidente. Uma vez, minha mãe quis entender o que acontecia com meu espírito, e me levou em uma curandeira. A curandeira disse para ela: "Tua filha tem muita luz". Desde aquele dia, quase fizeram um altar para mim em casa.

Quando eu dizia: "tem uma mulher de cabelo comprido na vida do meu pai", era porque tinha. Ou quando dizia: "esta xícara vai cair da mesa", ela caía. Também dizia de vez em quando: "vai chegar o arroz do mês no armazém... e é arroz chinês", e, três dias depois, chegavam dez barcos carregados de arroz da China.

Devo confessar agora, depois de tantos anos, que tudo era muito fácil de ser explicado, mas ninguém nunca me perguntou. Como eu era uma menina relativamente tranquila, a profe me deixava sair todas as tardes depois do almoço, para ficar um tempo na frente do portão da escola. Ela dizia: "é um prêmio pelo teu bom comportamento". Eu sabia que era o jeito que tinha de se livrar de mim. Com minhas saídas, evitava que eu ficasse repreendendo meus colegas por não terem feito a tarefa, anotando seus nomes na listinha e me queixando para ela. Porque, além de vidente, eu era uma menina muito séria, a que gostava de fazer tudo certinho.

Um dia estava na frente do portão da escola quando vi meu pai passar com uma mulher de cabelo comprido. No outro dia, passou com outra. No seguinte, com outra. Até que o ciclo se completou e percebi que meu pai passava todos os dias com uma mulher que não era minha mãe, é claro. A acompanhante nem sempre tinha o cabelo comprido. Mas essa frase lapidar, "tem uma mulher de cabelo comprido na vida do meu pai", foi a maneira que encontrei para compartilhar a informação na minha casa, sem que me tirassem o prazer de ficar todos os dias sozinha na frente do portão da escola. Porque, além de vidente e séria, eu era uma menina muito solitária.

Sobre as xícaras, pratos e taças que anunciava que iam quebrar, também não era difícil fazer o agouro. Quando minha irmã arrumava a estante ou guardava as vasilhas, colocava toda a sua distração à serviço dessas ações. Deixava as coisas na beiradinha da mesa, na beiradinha da cristaleira, sempre na beiradinha, sempre prontas para cair. E como eu era uma menina vidente, solitária, que gostava de sempre ter razão, quando as coisas não caíam para cumprir minhas premonições de tempo e lugar, eu as ajudava.

Minha escola estava ao lado do armazém do bairro. Foi assim que escutei o dono do armazém falar do arroz chinês nas minhas longas horas de isolamento público. Também Ramón, o vigia, às vezes me passava informações sobre a ordem de chegada dos pedidos e o número da loteria do dia anterior. Era uma fonte muito confiável aquele querido velho Ramón.

Um dia, falei para Luisa, uma das melhores amigas de minha mãe: "Se você for para Varadero neste verão, cuidado com os tubarões". Luisa ligou para mim uma semana depois. Minha mãe estranhou que ela quisesse falar comigo, que tinha apenas nove anos. Luisa me disse: "Você fodeu com minhas férias. Não tive coragem de entrar no mar porque tinha certeza de que ia ser comida pela porra do tubarão que você falou". Eu, além de vidente, séria e solitária, era uma menina muito invejosa.

A hipócrita

Deu um beijinho na sua boca. Não era a primeira vez que estavam tão perto, mas gostou de sentir de novo o cheiro de leite fresco que ela tinha nos lábios. Tinha passado a noite inteira pensando nela. E foi assim que lhe disse, decidida: "Quero que você seja minha namorada". Não era uma pergunta, mas a outra lhe respondeu: "Claro que não", como se ela também tivesse pensado muito sobre como responder. "Por que não?", ficou na defensiva. "Não podemos ser namoradas, é só uma brincadeira". "Mas por que não?", foi invadida pela raiva e se lembrou da última frase calculada: "não se preocupe, eu seria teu namorado". "Mas não podemos ser namoradas nem namorados porque somos crianças." Pelo tom da ingrata, soube que aquilo era o fim e que nenhuma discussão valia a pena.

Olhou para ela um pouquinho, um tempinho fugaz, embora ainda não conhecesse este adjetivo. Voltou a pensar no sabor de leite fresco dos seus lábios. Pensou na noite que passou acordada pensando nela; pensou em todas as vezes que a outra tinha deixado que ela beijasse sua boquinha. Lembrou do cheiro de sabão da calcinha branca da outra, e do suor da última vez que se desvestiram para se abraçar na cama. Deixou que uma lágrima escorresse. Mas não era dor, apenas raiva. A menina que ela queria que fosse sua primeira namorada era uma menina má.

As aulas começariam no dia seguinte. Deveria insistir agora ou perguntar de novo amanhã, quando com o uniforme recém--passado, se sentariam uma ao lado da outra na aula de ciências? Não soube o que decidir. Se levantou da cama com um sentimento que naquele momento não sabia que era um sentimento. Saiu do quarto sem olhar para trás. "Hipócrita", sussurrou e deixou a porta aberta, porque demoraria anos para entender que, se estivesse brava, deveria bater a porta ao sair. Enquanto descia as escadas rumo à sala, soube que se um dia tivesse uma filha, jamais a deixaria brincar sozinha com outras meninas, para que não se apaixonasse tão jovem, para que não sofresse tanto por amor hipócrita.

O City Hall

Prendeu o coque o mais alto que conseguiu. O jeans descolorido, mais do que marcar a cintura, cortava a circulação. Parecia que agora todo seu corpo magro se alongava até o infinito, no coque mais alto que tinha feito na vida. A têmpora e os olhos puxados. Pegou um pente e começou a pentear o cabelo com força. Além de alto, o coque deveria ter volume, movimento, energia. Estava eufórica com sua primeira noite de liberdade. Além disso, não era a mesma coisa ir tomar sorvete com as amiguinhas na Coppelia, e passar a noite em uma das discotecas mais loucas de Havana. Bom, isso era o que todo mundo dizia: que a discoteca do City Hall era uma verdadeira loucura. Ela nunca tinha ido, mas até o nome do lugar lhe soava selvagem. Não imaginava, não tinha como imaginar, que antes de ser uma discoteca aquilo tinha sido um cinema de bairro, onde famílias inteiras se distraíam aos domingos, pagando centavos pela entrada; ignorava que antes de ser um bucólico cinema de bairro, tinha sido a sede da administração do Cerro, de onde tinha herdado o nome que agora brilhava em uma marquise. Se tinha alguma coisa de selvagem era a presença de um rock tropical e música eletrônica.

Mas, o que era o passado comparado com aquele tempo de todos os tempos? Nada. O que lhe importava era que aquele penteado sobre sua cabeça parecesse bem preso. Suficientemente penteado para colocar um pouco de glitter e ficar ainda mais estilosa. Estilo é sinônimo de brilho? Quem sabe. Na discoteca, tudo girava em torno do que fosse brilhante: que brilhasse o cabelo, que brilhasse o laço rosa, que brilhasse a calça descolorida, os olhos, as unhas. Ali dançaria à vontade e com certeza se esqueceria que a calça era dois números menor. Pela primeira vez, longe do controle da mãe, não descartava a ideia de beijar um garoto, ou dois, ou de passar a noite beijando bocas que sempre imaginava com gosto de chocolate Nesquik. Seus mamilos ficaram duros, mas continuou penteando o cabelo na frente do espelho, imaginando as loucuras que a noite prometia. Dizem que na discoteca a última música é sempre lenta, romântica. Essa deveria encontrá-la nos braços de Eduardo. Um dia, ele confessou para ela que era um metaleiro dos piores, mas que no Patio de María – ponto de encontro dos grupos de rock de Havana – tinham proibido sua entrada e que ir à discoteca era uma questão de vida ou morte, porque vivia pela música e se fosse em inglês, *much better*. Mas Eduardo aceitaria terminar a noite abraçado com ela depois que ela tivesse beijado todos os machos que passassem pela sua frente? Pior, se era roqueiro, dançaria uma música romântica? Bom, se não fosse Eduardo, seria outro, Joaquín, Pedro, Sofía, Julián. Mas tomara que seja Eduardo. Ela sabia que ia ser a noite mais louca da sua vida, que ia deixar que pegassem nos seus peitos, levantassem sua saia, chupassem seus lábios, tudo com o pretexto de que estaria dançando, de que teria talento para a dança e de que seria, finalmente, livre de qualquer ditadura.

Terminou de encher o cabelo de glitter. Conseguiu deixá-lo bem ajeitado. Passar um papel carbono no cabelo era o melhor método para que tudo parecesse feito nos States, com cabelereiro de verdade. Eduardo era alto, altíssimo. De qualquer jeito seria mais alto que seu coque. Eduardo também era magro, muito magro, por isso não se importava que ela parecesse uma vareta com aquela calça pela cintura. Uma-va-re-ta. Que tristeza parecer uma vareta. Adoraria ter colocado uma roupa nova naquela noite. Mas, tudo bem, não precisava ser perfeito, o importante era ir. Estava louca para perder a virgindade, para abrir as pernas e começar a conhecer o mundo. Com certeza Eduardo tinha o pinto grande. Com aquele tamanho, com aquelas mãos. Seus mamilos continuaram roçando a blusa branca, desafiando o collant a não arrebentar. Ainda bem que o tecido aguentou. Ia sair do quarto e precisava relaxar, para que a mãe não notasse sua ansiedade, mas, com as mãos manchadas de papel carbono, não conseguia dissimular a excitação. Pensou em Vivían, a profe de biologia. Sempre pensava nela quando precisava parar de sorrir, quando precisava deixar de se sentir excitada, quando queria perder o apetite. Não sabia por quê, mas o rosto de Vivían lhe tirava o tesão e fazia que seus mamilos amolecessem. Funcionou. Já estava pronta para ir até a sala.

Precisava dar um jeito para que a mãe não a visse. Se ela dissesse: "Mas como minha menina está bonita", ia sentir a maior insegurança do mundo e ia querer trocar de roupa e não tinha outra coisa mais sexy para colocar. Não tinha outra coisa que vestir. Além disso, se tirasse o collant passando pela cabeça, na melhor das hipóteses, perderia todo o glitter que tinha colocado no cabelo. Sem falar que colocaria em risco a estabilidade do coque. Da porta, gritou que estava saindo. Fechou e saiu correndo. A discoteca, que antes tinha sido um cinema familiar, e antes disso a sede de uma administração, e que até aquela noite gloriosa lhe tinha sido totalmente vedada, estava na esquina da sua casa, a menos de 90 metros da porta pela qual saía todas as manhãs a caminho da escola.

A música fazia a rua vibrar. A cada passo que dava, sentia que se aproximava do paraíso. Finalmente ia poder experimentar a saliva alheia. Alguém, além dela, ia tocar nos seus mamilos excitados. A música era um pretexto. O coque fazia com que se sentisse segura. O collant apertava um pouco nas coxas, mas precisava aguentar. Ninguém ia notar que a calça descolorida estava excessivamente descolorida. Ela era a rainha da noite. No dia seguinte, ia contar para as amigas que tinha ido sozinha à discoteca, que tinha passado a noite se esfregando em centenas de corpos desconhecidos e que, finalmente, tinha pegado no pinto de Eduardo. Ai, foi por cima da calça, mas peguei nele todo, pensava que seria a resposta que daria a todas aquelas invejosas imaturas que a chamavam de "amiga". Estava eufórica, fazendo a caminhada mais sexy da sua vida.

Na entrada, pagou cinco pesos para uma moça que estava sentada em uma cadeira alta, com uma caixinha de madeira cheia de dinheiro em cima da perna e com a cara mais entediada do mundo. Como alguém que trabalha neste antro de prazer pode se entediar? E, antes de terminar de se fazer a pergunta, o mestiço que deveria ter uns 40 anos e que cuidava da entrada, fez sinal para que ela levantasse os braços para revistá-la. Mesmo por cima do collant, sentiu o calo daquelas mãos. Se sentiu muito intimidada, sem ter coragem de reclamar. E quando as mãos subiam dando palmadinhas pelas pernas, sentiu uma ânsia de vômito vindo bem de dentro do estômago. Ainda bem que tudo foi uma questão de segundos e um grupo de meninas escandalosas, que chegou enquanto a revistavam, a arrastou sem demora para o meio da discoteca.

As luzes não paravam de girar. Tudo era preto e vermelho e verde ao mesmo tempo. Uma música horrível parecia rachar as paredes. Teve a impressão de ver Eduardo em um canto, mas, na verdade, não via nada, não tinha certeza de nada. A luz inundava tudo, lhe cegava os olhos, fazia o chão tremer. As ânsias voltaram. Um enjoo súbito quase a lançou ao chão. O cheiro de cem sovacos penetrou no fundo do seu cérebro. Sentiu que não conseguia respirar. Ia desmaiar, ia passar vergonha na frente de centenas de pessoas que sequer olhavam para ela. Se agarrou à parede. Foi se arrastando por ela. Viu como as mãos iam se enchendo de glitter que caía do coque. Ia começar a chorar, quando conseguiu ver a luz da porta. Fez um esforço para alcançá-la. Saiu tropeçando no muro de contenção. Lá fora, a esperavam dois braços firmes que conhecia muito bem. Pensou em Eduardo, tão forte e cavalheiro. Mas era sua mãe. A mesma que a levantou e caminhou com ela, em silêncio, até em casa. "Eu te avisei", foi a última coisa que escutou a mãe falar antes de perder a consciência.

Vazio, 1994

Sabia que a mãe queria lhe dar uma má notícia. Mas, desta vez, não fazia a mínima ideia do que se tratava. Tinha 16 anos e algumas dores acumuladas, não tanto por desilusões adolescentes, mas pela distância do pai e pela morte do avô. Coisas aparentemente comuns. No entanto, sua mãe continuava lhe tratando como uma menina indefesa, incapaz de enfrentar o mundo.

Tentou puxar a conversa várias vezes durante a manhã. No café, falou para a mãe do avô, para ver se conseguia que a mulher encadeasse a má notícia eminente com a má lembrança. Sem resultado. Na hora do almoço, fingiu que sorria, enquanto falava para a mãe do Furacão, seu cachorro que morreu afogado comendo ossinhos de frango. Nada. Enquanto lavava os pratos, decidiu perguntar diretamente para a mãe, que naquele momento varria a cozinha, "O que está acontecendo, mãe?". "Que pergunta é essa, meu amor?", respondeu a mulher, e ela soube que a má notícia só chegaria à noite, antes de dormir, porque a mãe tinha dito: "Quero falar com você antes de dormir", e porque, desde pequena, tinha lhe ensinado que "os males se curam dormindo". Resultado: uma combinação infalível, a mãe contava as más notícias antes de dormir porque supunha que, dormindo, diminuíam. Ela só desejava que houvesse algum sentido naquilo. Com o cachorro afogado comendo ossinhos, funcionou. No fim das contas, não gostava de ter animais de estimação, muito menos um cachorro como o encapetado do Furacão, que passava a vida latindo e cagando em cima da sua cama. Mas saber que seu avô tinha morrido há dois dias e que ela não sabia porque sua mãe estava esperando o melhor momento para contar, tinha lhe mostrado que existem dores impossíveis de serem curadas, dores que fazem amadurecer de supetão. Também fez com que entendesse que sua mãe era uma mulher com muitas teorias equivocadas sobre como viver a vida, uma mulher que, na verdade, era ela quem criava.

Por isso, sentia tanta falta do avô. Por isso, sua partida tinha doído tanto. Quem ficaria com ela durante os apagões recitando décimas para manter viva a ilusão no país da desilusão? Quem a buscaria na escola com aqueles olhos verdes sempre sorridentes? Quem prepararia para ela o leite com uma pitada de sal, depois de caminhar vinte quadras para comprá-lo escondido em um mercado clandestino cada vez mais desabastecido? O avô tinha ido embora para sempre de um país em crise, mas ela era muito egoísta para pensar que ele estava em um lugar melhor. "Deus não existe", o avô tinha dito para ela, "só o vazio nos acolhe no final, um vazio silencioso e escuro". Daquele vazio, ele não poderia acompanhá-la para enfrentar a má notícia que a mãe reservava para a noite.

Deixou que a tarde passasse lendo poesia em voz alta. Era o remédio que o avô tinha lhe ensinado. Martí, Villena. Não tinha muito para escolher entre as páginas rasgadas da velha antologia. Naqueles anos, as editoras tinham decidido publicar apenas livros sobre política, como se a política aliviasse a fome mais do que a poesia. "Leia este poema em voz alta", disse o avô em um dia em que não conseguiu comprar leite nem caminhando mais vinte quadras. Ela leu e o ritmo fez com que se esquecesse do buraco no estômago. "Leia este poema em voz alta", tinha dito mais uma vez no dia seguinte, quando também não tinha leite. "Parece sempre outro quando o escuto", ela tinha respondido, e ele deixou que as lágrimas banhassem seu rosto, e lhe disse que ela já estava preparada para a vida. Quem sabe por isso se entregou ao cansaço e deixou a morte chegar, porque sabia que ela tinha crescido. De outro jeito, era impossível que a tivesse deixado sozinha. Ah, vozinho, meu vozinho. Ela espantou a evocação com mais poesia. Villena, Martí, às vezes mudando a ordem funcionava melhor.

A música da novela brasileira a tirou do seu estado de concentração. Eram 8h30 da noite. Dentro de duas horas iria dormir, mesmo sem sono. Já não aguentava. A angústia de um dia inteiro esperando por alguma má notícia a deixava ansiosa. Por sorte, a família não tinha se reunido para comer. Naquela noite, tinham apenas pão com azeite, de modo que sua mãe e sua avó permitiram que pulasse o ritual absurdo de se sentar à mesa. Era pelo pão ou era porque já sentiam muita pena sabendo antecipadamente da terrível notícia que imaginava que cairia sobre ela?

"Tenho 16 anos e plena capacidade pra entender o que quer que for que você tenha pra me dizer", teria gritado com prazer para sua mãe. Mas seu avô também tinha lhe ensinado que há naturezas contra as quais é melhor não lutar, porque se deixam vencer com a aparente submissão do outro. Sua mãe, casada e divorciada quatro vezes, com uma única filha, viciada no trabalho, chorona e sem coragem de se declarar para Ana, sua colega de trabalho, era dessas naturezas inquebrantáveis diante da honestidade. Era, como se diria em bom cubano, uma tremenda hipócrita. De modo que ela não perdeu nem tempo nem energia enfrentando a mãe. O pão com azeite começava a desaparecer no estômago e estava mesmo disposta a ir se deitar, porque o sono não diminuía as tristezas, mas sim a necessidade de comer.

"Vó, até amanhã", disse da porta do quarto. E percebeu como o balanço de uma das cadeiras da sala parou em seco. "Até amanhã, minha menina", respondeu a avó transparente, a avó descolorida, a avó eclipsada primeiro pelas décimas do avô, depois pelo poder de sua própria filha. E enquanto a avó desejava que dormisse com os anjinhos, os passos da mãe se aproximaram do quarto. Tinha um livro nas mãos.

"Olha, consegui este na livraria do Terminal de Ônibus. Não sei do que se trata, minha filha, mas era o único de poesia que estavam vendendo e comprei pra você." A notícia deveria ser pior do que o esperado, já que valia um livro como consolo. *La isla en peso*, a jovem leu em voz alta e negou com a cabeça. "Não conheço esse tal de Virgilio Piñera, vamos ver." "Vamos ver" era uma frase que resumia todos seus desejos e todas suas dores: o desejo de mergulhar no livro para sempre, o desejo de que a poesia desse tal Piñera fosse boa, o desejo de que o avô estivesse para acalmar seu pranto eminente daquela noite, a dor de desejar que tivesse morrido a avó invisível e não ele, que era seu maior consolo. "Podemos conversar?", perguntou a mãe, e ela desejou gritar que estava muito angustiada e que há horas estava esperando por aquela conversa. Mas só assentiu com a cabeça, enquanto a ausência definitiva do pão no estômago lhe causava um pouco de enjoo.

Caminhou até a cama e se deitou. Era um gesto mecânico, um reflexo induzido por tantas más notícias. Não sabia como nem por quê, mas, nas suas lembranças, sempre se encontrava na mesma posição recebendo as más notícias pela boca da mãe. Talvez porque, quando estava embaixo dos lençóis, a mãe se esquecia dos seios firmes da filha, do quadril cada vez mais largo, do abdômen liso e cobiçado. Debaixo dos lençóis, a garota era apenas um rosto cheio de espinhas, com o qual a mãe podia se sentir de novo, e sempre, como A Mãe. O novo livro tinha ficado em silêncio, na mesa de cabeceira.

"Ah, minha menina, eu gosto tanto de você. Sou a pessoa que mais te ama neste mundo." Ainda pareciam faltar alguns minutos da tortura psicológica que estava sendo submetida em nome do amor. "Não quero ser uma mãe como você", pensou e continuou em silêncio, esperando que a mãe se decidisse a falar. "Você sabe que hoje fazem exatamente três anos que eu me separei do teu pai?". Ela não tinha ideia do tempo, na verdade. Também não saberia dizer se eram três anos desde que o enxotou para fora de casa ou que assinou os papéis do divórcio, ou três anos que deixou de amá-lo, ou três anos que ele deixou de amá-la, se é que se amaram algum dia. Diante da incerteza, continuou em silêncio. Tinha aprendido a ler poesia em voz alta e a silenciar seus pensamentos. "Eu sei que você acha que me divorciei do teu pai porque já não o amava, mas isso não é verdade." O cheiro da mentira a fez se mexer embaixo do lençol, deixando os seios firmes à mostra. A mãe a cobriu com dissimulo, com um gesto ensaiado mil vezes, e ela soube que, na verdade, a mãe precisava esconder que ela estava se tornando adulta para ter coragem de continuar falando. "Pois é, filha", se decidiu finalmente a mulher que sentia cada vez mais distante, ainda que estivesse sentada na ponta da sua cama, "me divorciei do teu pai porque ele engravidou minha prima Sofía, e eu aguentei muitas bebedeiras e muitas chatices, mas isso eu não pude aguentar. Quis te contar agora porque uma vizinha ficou sabendo e tenho certeza que vai vir te falar e eu queria que você soubesse a verdade por mim", continuou falando desenfreadamente, enquanto ela começava a ensurdecer.

Receber uma notícia como essa poderia não representar nada para uma adolescente que, há alguns anos, tinha descoberto sozinha a necessidade dos hormônios de se transformarem em sexo; também poderia não significar nada para uma garota que tinha conhecido, desde pequena, a crônica condição de infiel padecida pelo pai. "É um cara de pau, mas é teu pai, você sempre deve perdoar ele", o avô tinha dito. E, no final das contas, qual era a importância da notícia que a mãe dava se não era nem uma notícia? Mas era mais uma vez a verdade oculta, desta vez durante três longos anos. Imaginou o avô morto durante dois dias, a boca ressecada, a língua sem cor, a expressão de dor nos olhos. Assim estava o corpo que ela recebeu em palavras, o corpo que já não teve coragem de abraçar de tão frio, o corpo que sua mãe tinha se permitido chorar durante dois dias, mas que tinha escondido dela.

O terremoto começou debaixo do lençol, alcançou a mesa de cabeceira, rachou as paredes do quarto, envergou a casa inteira. Os dois quadros com as fotos de seus 15 anos caíram da parede e quebraram no chão. As luzes piscaram. O encanamento que ligava a caixa d´água à precária ducha plástica também trincou. "Você gosta da Ana, eu sei", e toda a força do terremoto se concentrou em uma bofetada da mãe. "Você é uma mulher má, te protegi durante três anos dessa notícia e agora a culpa do teu pai ser um filho da puta é minha." Talvez ela não a estivesse culpando, talvez só quisesse aproveitar a oportunidade para compartilharem finalmente aquelas verdades que continuavam dentro do armário. Na verdade, tinha algo dando certo, porque não era a primeira vez que a mãe lhe dava uma bofetada com tanta ira, mas sim a primeira que a chamava de mulher, ainda que fosse um jeito de chamá-la de diabo. "Eu sou mulher", a mãe respondeu puxando o lençol, deixando exposto o corpo seminu no velho pijama do Mickey Mouse. "Você está louca como teu pai." "Porque são sempre os outros os culpados pelos teus erros."

Se naquele momento tivessem interrompido a discussão, nenhuma das duas teria conseguido explicar por quê, subitamente, tinham percebido como se odiavam profundamente. Mas as duas sabiam que era um ódio sem cura. Nem Sofía, nem seu filho de três anos, nem o pai do seu filho que era o pai dela,

32

tinham nada a ver com aquela briga. *La isla en peso* caiu no chão, o estrondo fez calarem todos os barulhos do mundo. Elas se olharam, sentiram o terremoto nas paredes quebradas. A mãe lembrou das horas de festa perdidas criando a mal-agradecida. A filha lembrou do homem do saco, que nunca chegou para pegá-la, do "você não pode comer mais porque a comida acabou". A mãe a viu bonita, altiva e quis lhe dar mais uma bofetada. A filha sentiu de novo o pão com azeite desvanecido no estômago, viu a pobreza da casa com as paredes quebradas, viu Ana ingênua ante o desejo de sua mãe. Se viu a si mesma com 16 anos de más lembranças entre duas mãos vazias. O avô e a poesia se fundiram em sua memória. Empurrou a mãe da ponta da cama, mas foi um empurrão suave e patético.

Calçou os sapatos. *"A maldita circunstância da água em todos os lugares"*, escutou o livro dizer do chão. "Maldito verso gasto", pensou, e, com um chute, o arremessou para debaixo da mesa de cabeceira. Não soube como conhecia o verso, se nunca tinha ouvido falar desse Virgilio Piñera. Mas a surpreendeu ainda mais ver que sua mãe permanecia em silêncio e cabisbaixa, enquanto ela saía para a rua vestindo apenas o pijama do Mickey Mouse.

Saiu andando. As ruas, que deveriam estar protegidas pelas luzes de neon, estavam tomadas pela escuridão. Havana era um lugar perdido em sua memória. Havana já não era o lugar onde seu avô tinha chegado de Pinar del Río para tentar a sorte em uma tarde qualquer de 1954. Havana era apenas uma rua na qual seu avô e a poesia se uniam tornando-se nada. Continuou caminhando. Sentiu a fome como um câncer dentro dela, e sentiu a adolescência como um peso morto, sem cura, atado aos seus pés. Quem era seu pai? Quem era aquela mulher triste e mentirosa que tinha deixado sentada na ponta da cama? Nunca saberia as respostas, ou, pelo menos, não enquanto tivesse esses 16 anos que não serviam para nada.

Uma brisa com sabor de sal fez com que seus cabelos entrassem para dentro da boca. Levantou o olhar que nunca tinha abaixado ou, melhor dizendo, decidiu despertar. Encontrou-se consigo mesma no Malecón. Não tinha andado tanto. Somente umas dez quadras, muito menos do que seu avô precisou caminhar a cada dia, durante anos, para buscar seu café da manhã. Diante dela, o mar imenso competia com a escuridão da cidade. Cuspiu nas ondas. Onde tinha guardado tanto ódio até agora? Onde estava seu avô? Somente na ilha dos absurdos uma mulher poderia estar se perguntando tantas bobagens à beira do abismo. Não conseguia vomitar bílis, mas vomitava poesia, *"A eterna miséria que é o ato de recordar"*.

Subiu no muro. Não olhou para baixo. Precisava permanecer olhando para o alto. Mais uma vez, a brisa fez com que seus cabelos entrassem na boca. "A beleza não existe", pensou, imaginando-se em cima do muro, despenteada, usando um pijama que já estava pequeno. Saltou na direção do vazio, na direção da escuridão do mar, na direção do absurdo do infinito que não eram as ondas, mas, ela mesma, respirando aquelas ondas até que estourassem seus pulmões. Sentiu seus seios lutando contra a gravidade, sentiu um toque de adrenalina no estômago, não viu seu passado nem o avô pegando flores para ela no parque. Sentiu apenas a promessa do vazio, os joelhos sem a resistência do chão, os ossos duros das canelas batendo contra eles. Esperou que o contato com o mar cálido de agosto a abraçasse, a asfixiasse para sempre.

Mas a dor de cair sobre uma madeira mais afiada que os dentes de um cachorro não se parecia ao silêncio do vazio. Sentiu dez olhos assustados olhando para seus seios através do pijama. "Os homens vão olhar pros teus peitos antes de olhar pra tua cara", tinha advertido o avô para que não se espantasse, quando percebeu que, inevitavelmente, a neta crescia. Sentiu o sal nos lábios. Os remos compassados que começaram a afastá-la da beira do mar sem lhe pedir explicação, como se todos compartilhassem a certeza de que o mar os tinha levado. Sentada na balsa, abraçou os joelhos, permaneceu em silêncio. Soube, então, que nem todas as mortes são iguais e pensou no avô, com seu sorriso verde, parado na porta da sala de aula, esperando por ela, para levá-la para casa. Era 20 de agosto de 1994.

Um biquíni verde

"Pra chegar a Guanabo em pleno agosto, e pela rota 400, é preciso estar muito a fim de vir pra praia", pensou, enquanto colocava o pé direito – sempre o primeiro pé – na areia pelando. "Não, e ainda por cima queimo o pé", se criticou em voz baixa, para não parecer tão louca para alguém que a estivesse olhando, e ajeitou na parte mais alta do nariz os óculos que estavam caindo. Logo começou a discutir com a figura mais retardada que conhecia na vida: ela mesma. "Claro, como você levou a manhã inteira pra decidir se vinha, agora bem feito: o ônibus cheio de gente suada e uma areia que vai deixar teus pés roxos. Mas é que vir sozinha pra praia não é fácil, preciso de pelo menos um tempo pra pensar. Garota, mas a difícil nesta história é você, a traumatizada, quem leva duas horas pra decidir sair sozinha na rua é você. Tem razão." E se sentou maquinalmente debaixo de uma palmeira raquítica. "Daqui a duas horas esta sombra desnutrida da palmeira vai mudar de lugar e eu vou passar um calor dos infernos, e com o reflexo do sol nos óculos fundo de garrafa não vou enxergar nada. Querida, mas espera passar as duas horas, é pouco provável que você fique sozinha na praia durante esse tempo e você sabe disso; você é bate e volta, só pra contar que veio ou pra que as pessoas te vejam. Isso também é certo, não sei por que me preocupo tanto tempo antes. É verdade, querida, você é muito dramática."

Tirou a garrafa de água congelada da mochila gasta. Puxou com cuidado a toalha que estava em volta dela, como se desempacotasse uma peça de porcelana. Abriu a garrafa plástica-reutilizada-de-coca-cola e deu dois goles sem respirar. Com o frio, as lentes dos óculos ficaram embaçadas. E a dor de estômago disse presente. "Não acredito que agora vou ficar com vontade de cagar. Não seja dramática, garota, você sabe que se tomar água congelada debaixo desse puta sol vai sentir dor de estômago, mas, como chega, vai embora, rapidinho. Você não é tão nova nisso." Mesmo assim, olhou para a beira da praia, tentando localizar um lugar onde pudesse eliminar a dor de estômago, caso ela persistisse. Nem sempre era convencida de primeira pela voz da sua consciência. Tinha 18 anos e, nesta idade, você discute até mesmo com a voz da sua cabeça. Quando seu rosto terminava o giro à procura de um banheiro inexistente, viu o biquíni verde tomando sol na beira do mar.

Entre todos os biquínis coloridos da praia, entre todas as barrigas de homens despudorados e cheios de pelo, entre todas as crianças correndo (cem, mil?) prestou atenção naquele biquíni verde fosforescente, com um pequeno detalhe em vermelho em cima do diminuto triângulo que tapava o peito esquerdo. "Ela também está sozinha. Sim, mas com aquele corpão logo alguém vai fazer companhia pra ela. Não é como você. Bom, mas eu tenho 18, algum dia vou ter aquela cintura. Você não comeu carne russa e nem tomou leite de vaca todos os dias, talvez já seja tarde pra cintura aparecer. Certeza que não, quando eu tiver a idade dela eu vou ter aquela cintura. Qual será minha distância dela? Um metro? Um quilômetro? A matemática não é teu forte, está mais perdida que cego no museu. Acho que essa frase não é assim. E daí? E se eu me aproximar dela? Tem até um ar de conhecida. Assim não passo a manhã inteira sozinha nesta praia cheia de gente baderneira. Esse tumulto me deixa nervosa, e nem tenho com o que me distrair. Você deixou *O Aleph* em casa. Porque é tonta. Ou louca. Ou porque Borges me cansa um pouco. E se me aproximo da canga dela como quem não quer nada? Com certeza se me vê sozinha vai começar a conversar comigo. Deve ter uns 28 ou 30 anos, porque parece mais velha. Mas 30 anos com esse corpão? Não deve ter tido filhos. Caramba, ela parece conhecida. É que você não enxerga nada de longe, você precisa ir ao oftalmo de novo. É verdade, estou mais cega que um poste. Se eu me aproximar, ela vai falar comigo ou eu terei que falar porque ela chegou primeiro? Oi, é que eu nunca gostei de vir pra praia sozinha. Não! Nem a pau eu posso dizer uma coisa dessas. Melhor eu dizer que adoro vir sozinha. E se ela não te der papo por acreditar que você não gostou da conversa ou por achar que você é sapatona? Ai, aqui todo mundo gosta de trocar ideia e falar com estranhos. Além disso, posso dizer que a confundi com alguém. Realmente parece conhecida. Você vai ver que em dez minutos ela vai estar me contando toda sua vida. Me aproximo e sento perto dela ou só passo do lado, como se fosse por acaso? Nem precisa mais, aquele velho já chegou perto dela."

Afastou o olhar do biquíni verde e, por alguns minutos, se dedicou a contemplar o mar, calmo, azul intenso como em uma revista de turismo internacional. O mar calmo, mas a beira cheia de gente; o mar calmo, como se não notasse as entradas, as invasões, as pessoas comendo pão com bolinho e sujando tudo com papel jornal. "Essa ideia de você ir falar com aquela mulher foi igual à do ônibus. Pensou tanto pra vir pra praia que no final veio na pior hora de todas, quando a rota 400 está mais lotada. Você não é boa pra nada, pensa demais pra tomar uma decisão. Talvez o velho vá embora daqui a pouco e, então, posso me mover com dissimulo, quando a sombra da palmeira tenha mudado de lugar. Porque, realmente, ninguém acreditaria se eu deixasse este lugar tão bom, com tanta sombra, para me sentar no meio da areia. Na verdade, ela nem te viu, nem ia saber que você estava sentada na sombra. E com esse meu biquíni tão feio! Se pelo menos você tivesse comprado um verde fosforescente como o dela, esse sim é top! Bom, garota, o que você queria, se esse biquíni que você usa era da tua mãe quando ela tinha tua idade. Já é muito que ainda tenha elástico. É que ele tem umas cores apagadíssimas. Minha filha, eu acho que o que está faltando pro biquíni é a cintura e o que está sobrando são os séculos de uso." E voltou a olhar para a jovem do biquíni verde.

O velho que tinha se aproximado não demonstrava intenção de ir embora. Passava um protetor branquíssimo nas costas dela, enquanto se transformava em umas mãos imensas, cheias de pelo, com umas unhas arroxeadas que enfeiavam o horizonte. Não conseguia parar de olhar para aquela caricatura. Viu o protetor branquíssimo afundando na pele, aplicado pelas mãos peludas. Viu as mãos peludas se afastando do pescoço branco da moça do biquíni verde, dissimulando seu movimento em círculos cada vez maiores, mais grotescos, círculos que desciam e desciam e desciam, não precisamente até a cintura. Imaginou os dois sorrindo, porque mal conseguia ver seus rostos. O ar presenteou sua curiosidade com um pouco de som, que ela soube colocar na boca de cada um. Falavam de um protetor espesso e da indiscrição de se tocar publicamente, de uma pele macia, com cheiro de coco. Falavam em espanhol. Eram vozes distantes, ou era sua cabeça traduzindo a distância? Logo chegaram as risadas.

"Ela é brega e ele é um velho descarado que vem pra pegar putas. Mas ela é uma puta brega: 'ei, cuidado com o protetor blá--blá-blá'. Gringo filho da puta, se aproveitando da necessidade das mulheres cubanas, tão honradas. Garota, por que esse sermão? É que ela poderia ser minha amiga. Poderia. Mas não é. Por quê? Porque é uma puta. E quem foi que disse que eu não posso andar com prostitutas? Vocês não teriam o que conversar. O que você vai dizer pra ela? Que o ônibus estava cheio?" As mãos peludas agarraram o queixo da moça. "Tenho que fazer exame de vista.

Não enxergo nada. Aquilo são pelos ou são escamas?" Por entre as escamas, saiu uma língua gigante que entrou na boca da moça do biquíni verde. Ela não resistia, se perdia entre os pelos, manchava as escamas, nadava em saliva. Quando terminou o beijo, a moça do biquíni suspirou: "Será que está apaixonada? Ou condenada? Fiquei com vontade de vomitar. Ai que fina, ai que fina, a menina estuda medicina". O velho tropeçou nos próprios pés tentando se levantar, e a cena ficou ainda mais patética quando caiu mais duas vezes na areia, mantendo seu olhar sedutor. "Olha, olha, eles vão passar por aqui. Disfarça porque você está parecendo uma tarada que não para de olhar pra eles."

Segundos depois, os apaixonados a salpicaram com a areia que caía dos pés descalços. Ela se escondeu atrás dos óculos e, dali, pôde enxergar a verdade: os peitos caídos dentro do biquíni verde, os elásticos esgarçados que ficavam pendurados na bunda da dona, os pés roxos por causa da areia quente. Daquele lugar pôde enxergar sua cegueira e se viu a si mesma debaixo de uma palmeira seca e viu sua surpresa e todos os ônibus lotados do futuro. Aquilo não era um biquíni verde, era um aleph. E, então, descobriu o todo que sequer imaginava oculto: "É real que nunca vou poder ser amiga dessa mulher, porque ela é minha professora de matemática. Tenho que ir ao oftalmologista amanhã mesmo".

Mal de família

Entro no quarto. Ele tem o costume de dormir virado de costas para a porta. Ontem trabalhou tanto no computador, ainda é cedo e a temperatura está tão agradável que tenho certeza de que não vai acordar. De qualquer forma, devo me aproximar devagar. Devagar também me deito. Começo a beijar suas costas nuas, másculas, perfeitas. Ele se retorce, murmurando sons que não entendo. Suponho que sejam de prazer, então continuo beijando, percorrendo seu corpo com as duas mãos. Tudo assim... devagarinho, gostoso. Ele se mexe mais. Estou certa de que sente o anúncio do prazer e meu sangue fervendo na esperança do contato com sua pele.

Faz uns cinco minutos que estou com este calor. Deve ser mais do que suficiente para estar a ponto de bala. Continuo lambendo, devagar. Ele continua de costas. É estranho. Mas não vou desistir agora. Tenho vontade de mordê-lo. Evito ser muito agressiva, porque daí ele se espanta e me deixa na mão. Pelos sons da sua garganta, aposto que quer esses beijos, aposto que se excita com o peso dos meus peitos nas suas costas. Vou acariciar suas bolas, apertá-las um pouco, ver se ele me deixa fazer sexo oral hoje. "Nãooo", diz em voz baixa. Sua negativa soa como a sílaba final de algum gemido doce, mas na verdade é uma topada no dedão do pé, um choque elétrico no cotovelo, uma queda livre. Isso não é fácil. Estamos desse jeito há, pelo menos, quatro meses.

Me afasto dele como se tivessem colocado um foguete na minha bunda. Cada vez que me recusa assim, me sinto uma puta. Implorar por sexo não adianta para nada nesta casa. Então o melhor que eu faço é economizar o lamento. Aqui, a única coisa que não acaba são minhas fantasias sexuais, os vídeos pornôs criptografados no meu computador e a vontade de que me peguem por trás. Me masturbar e ver pornografia, me masturbar e ver pornografia, me masturbar e ver pornografia, não necessariamente nesta ordem, são estratégias de contenção de infidelidade, são a infidelidade mais econômica, a infidelidade menos comprometida. Mesmo que este filho da puta não saiba distinguir uma vagina fiel de uma infiel, para ele todas devem ser a casa do horror.

Não tive tempo nem de tirar a roupa. Melhor assim. Permanecer vestida me facilita sair correndo desta atmosfera de frustração que nos envolve cada vez que isso acontece. Ele deve ter uma vida sexual paralela. Só pode. Bom, paralela não, deve estar com alguma biscate, ou com algum cara, ou com um cachorro, porque é impossível que passem tantas semanas sem que ele queira me tocar. Caralho. Às vezes, o corredor desta casa é um lugar interminável como a vida.

Mas até mesmo esta eternidade é um consolo no meio do espetáculo. É a única forma de atrasar o instante malévolo de dar de cara com minha sogra, que acaba de se levantar, com seu roupão manchado de gordura, sentada à mesa na sala de jantar. Ela toma seu café com leite desanimada, ocupando a cadeira de sempre, com os lábios sujos como sempre, com seus cabelos brancos rebeldes como sempre. Ela é a culpada desta merda em que vivo. Não tem uma gota de estrogênio no corpo. Não beija o marido, não deixa que ele pegue na sua bunda. Certamente foi dela que os filhos aprenderam a ser tão parados, tão mortos com as mulheres. Puta merda, eu tinha que ter conhecido ela primeiro, quem sabe tivesse economizado tanto tesão em vão, todos aqueles beijos perdidos (e você ainda tem vontade de fazer poesia).

Há muito tempo meu padrinho me disse: "Juro pelo meu nome, Virgilio, que os santos não estão contentes com teu destino, minha afilhada. Acende uma vela pra Iemanjá e outra pra

Oxum, pra ver se iluminam o caminho que você, cabeça-dura, não quer abandonar". "Tá bom, padrinho, deixa dessa ladainha. Você sabe que a vida é assim, momentos bons e momentos ruins. Eu vou ficar bem de novo." Me lembro tanto daquela bicha magricela nos amanheceres como esse. Não entendo por que não me liga mais depois de tantos anos de amizade.

"Tome café", diz minha sogra como um general frígido. "Não quero." Resmungo. Não vou tomar café, com essa raiva, não consigo. Ligo meu computador, que já espalha raízes do outro lado da mesa. A toalha me mostra suas manchas de peixe e arroz. O peso da velha máquina cai sobre meus ombros. Sei que já é tarde para abandonar esse idiota, para pegar minhas coisas e sair correndo daqui. Já cheguei aos 35 anos e perdi os últimos três alimentando meu amor por ele à base de sabedoria popular: "O mar não está pra peixe", "nenhum homem vale a pena", "você tem sorte do teu marido te dar tudo". Mas para a santa que eu sou, o que está fazendo falta mesmo é uma boa trepada para voltar a alinhar os chakras. Preciso de alguém que morda minhas tetas, que chupe meu clitóris até arrancar, que me sufoque, que puxe meu cabelo...

Mas nada disso, me aguento. Afinal de contas, a vida é mais do que sexo. Isso é o que dizem. Abro um documento do Word e começo a digitar. "Meus pais me ensinaram que em Cuba existia apenas um lugar onde era possível ser completamente livre e este lugar era, é e será o meu corpo." Mas que merda é essa, meu Deus? Um ensaio, um conto, uma declaração de imposto, um monólogo, outro castigo da vida?

Ao reler, tiro as mãos do teclado. Deixo-as no ar como se esperasse uma inspiração divina que nunca vai chegar. Não gosto de me sentir sem vida o dia inteiro, como se alguém tivesse desconectado o interruptor do meu cérebro, controlando a hora que meu marido vai chegar do trabalho para poder me masturbar antes e estar bem-humorada. Às vezes os sustos não compensam. Como no dia em que estreei o gel lubrificante de chocolate que ele trouxe há mais de um mês de sua viagem para a Argentina. Naquela tarde, enchi o quarto com velinhas, acendi dois incensos, fechei a porta com chave e me dei a melhor masturbada da vida. Devo ter dado uns trinta gritos e nenhum repetido.

O problema é que eu não percebi que a cortina da janela estava queimando com uma das velas, então tive que inventar uma história da carochinha para sair da situação. Mas tudo bem, ele tinha trazido a cortina da China um ano atrás, e eu senti que a história tinha sido um final digno para aquele tecido cheio de chineses carregando água e moringas enormes (e você ainda tem ânimo para fazer gracinhas).

Me pergunto se não será muito cruel escrever toda esta merda que estou sentindo agora. Minha sogra está tirando os pratos do café. Esta casa parece uma central açucareira cada vez que ela começa a organizar alguma prateleira. Por que não tira o pijama? Tento escrever mais alguma coisa, mas com tanto barulho não consigo me concentrar. Nem sexo, nem inspiração, nem viuvez. Sou uma frustrada e, isso, apesar de não ser uma novidade, incomoda sempre como no primeiro dia que você descobre.

Ele sai do quarto completamente vestido. Não se permite andar sem camisa nem neste agosto do inferno. É um santo. Paradão, sem graça, retardado, idiota, impotente, anão, pinto pequeno, bafo de onça... Dá um beijo no meu ouvido e me diz para ver o lado bom da vida, tudo o que alcançamos nesta relação, cada objeto que decora nossa casa (que nem é nossa, por sinal). "Para de falar mal de mim nos teus contos." "Vem cá, quem disse que são sobre você? Você se acha o centro do universo." Os ganchos verbais podiam se traduzir em tensão sexual... mas não, no seu sangue não corre nada de sexual, nem mesmo tensão.

Uma pena que o banheiro desta casa seja tão pequeno para me masturbar tranquilamente. Os domingos são sempre a mesma merda. Minha sogra joga outro prato na pia. Grita para o filho que me deixe em paz, que "segredinhos em público são falta de educação", que vá tomar café. (Quantos anos você acha que a gente tem, sua velha? Doze?). Quando ele obedece a mãe, sei que chegou a hora de tomar um banho de água fria. No entanto, no quarto dos fundos, é possível escutar um choro. Ariel acordou. Corro para pegá-lo para que não fique muito irritado. Não suporto escutar seu choro. Não suporto ficar limpando seu catarro verde o dia inteiro. Tiro ele do berço e me sorri com a boca sem dentes. Beijo sua testa branca, perfeita, precocemente masculina. Contemplo o contraste produzido entre a pele escura do meu braço e sua total palidez. Ariel é a cara do pai.

Don't smoke in bed

Uma semana depois da noite em que transaram, voltou a pensar nele. E o fez em um momento, digamos, bastante insólito: enquanto arrancava dos cabides do International Mall os sutiãs tamanho PP mais baratos que encontrava. Na cidade de Miami não amanhece às quatro da manhã como acontece na primavera de Chicago. E foi estranho que entre a avalanche de cálculos fugazes que passavam pela sua cabeça, entre sutiãs floridos e com bojo de espuma, não pensasse no seu rosto varonil, nem nos contornos firmes do seu corpo, mas em como toda aquela roupa íntima sexy e colorida que agora comprava teria sido útil em Chicago. Então ela não teria se preocupado que o amanhecer precoce a revelasse nas calcinhas mais confortáveis e nada sexy de sua mala de mão, e poderia ter se exibido um pouco mais diante do imenso espelho da sala, poderia ter se sentido menos inibida no delicioso pacote de moda do primeiro mundo, poderia ter combinado com o tapete e o edredom e o chão de tacos desnivelados. Encontrar um cubano em Chicago tinha sido uma sorte; poder levá-lo para cama, tinha sido como ganhar na loteria, afugentar o frio, voltar a se sentir outra vez perto de casa.

Mas já estava a quatro horas de distância de toda aquela merda, a sete dias de distância daquela noite. E desta vez, como daquela, decidiu continuar esquecendo quem era improvável reencontrar. Isso era ser imigrante. É mentira que é possível ter um amor em cada porto, porque é mais saudável ter um esquecimento em cada porto. Por isso, se deu parabéns por ter demorado tantos dias para pensar nele novamente. "Você amadureceu", disse para si mesma. E decidiu terminar de espantar o fantasma com algum gesto de amor-próprio.

Na seguinte seção da loja, compra cintas-liga azuis, tudo combinando com as flores da mais ousada das peças íntimas que tem na sacola. Claro que leva meia hora para se decidir, porque as cintas-liga são muito mais caras do que toda a compra do dia. E enquanto entrega o *cash* para a vendedora, pensa que está pagando o equivalente a um mês almoçando pizzas de dez pesos em Havana. Mas quem poderia ter achado graça está há sete noites daquela frase, e Havana é apenas uma lembrança em seu passaporte cheio de carimbos desconhecidos. Então engole a piada.

Chega ao discreto spa do Mall guiada pelo olfato. Uma porta, um corredor, uma modelo mexendo nas pernas. Procura pela meia-luz para onde a guiam o ritmo etéreo de uma sonoridade artificialmente oriental e a fumaça de um incenso invencível. Em voz baixa, sem saber como lidar com seu próprio eco, e com a indiscrição de outras seis recepcionistas, pede, em espanhol, uma depilação com cera. A mulher do outro lado do balcão abaixa os óculos para perguntar: "Com cera ou com barbeador?". O ambiente à sua volta se condensa, percebe olhares indiscretos, quase é possível escutar os risos contidos, todas as mulheres que estão naquela sala sabem do verdadeiro desprezo que há por trás daquela frase: "Dá pra notar que você não tem nem um dólar pra pagar uma depilação que valha a pena, *balsera*". E ela, que faz pelo menos cinco anos que não vai para Cuba, do mesmo jeito sente o peso da sua calça de strass de *balsera*. É afundada por uma palavra que não lhe pertence, com a que batizam as pessoas recém-chegadas de Cuba como se fossem uma espécie em quarentena, a quem lhes falta silicone para serem aceitas por eles. E ela se vê como uma *balsera* com passagem de volta para o México, *balsera* com visto para várias entradas nos Estados Unidos, *balsera* acadêmica, *balsera* recém-chegada de um congresso em Chicago, *balsera* solteira que fala espanhol, inglês e francês, mas só porque está procurando trabalho e não marido: "Vou depilar o corpo todo, moça, mas comece pela periquita porque, se doer muito, pelo menos ela já está feita". Ter caído na armadilha não a priva de aproveitar o sabor da vingança. Os óculos da interlocutora ficam embaçados de vergonha, enquanto ela começa a pensar em como é preciso tão poucas palavras para matar o feminismo. Aqui os tratados acadêmicos não importam, porque as pequenas batalhas da vida continuam sendo ganhas por mulheres com unhas de gel, sempre insatisfeitas com seus corpos perfeitos.

O frio da maca onde mandaram que ela se deitasse a devolve à solidão. O contato da cera quente com a pele causa uma dor terrível. Pensou de novo nos livros sobre feminismo, e, então, sua dor quase se transformou em um orgasmo: por alguns segundos se esquece de que a estilização do seu corpo não tem outra função senão enfrentar os preconceitos econômicos da mulher que a depila. Por alguns segundos, pensa que, quem sabe, caminhando à noite, vai poder encontrá-lo de novo e transar com ele de novo, com um corpo mais estilizado, nu... queimado, "ai, que dor!". O calor da cera subindo pelo ventre faz com que se lembre vividamente da ardência da sua costela direita, submetida embaixo do corpo dele, em cima do tapete; se lembra da impertinência da luz, mais uma vez aquela luz madrugadora de Chicago, viva desde às quatro da manhã. A primeira puxada do papel rasgado sobre a pele a traz de volta a Miami. "Isto é um inferno, puta que pariu", diz para se defender.

Não sabe quanto tempo passou desde que entrou pelos corredores cobertos do Mall. Mas é evidente que lá fora escureceu. Caminha com as pernas muito juntas e o cheiro do incenso invencível no cabelo (os únicos pelos que lhe restam no corpo inteiro). A *balsera* resistiu e pagou pela depilação mais cara e dolorida do mundo. Por isso, além de *balsera*, é oficialmente uma idiota.

"Ei!", gritou no telefone para a caixa postal do amigo, "já saí. Vem rápido me pegar, por favor, está garoando e o trânsito de Miami é insuportável, ainda mais com chuva". Louco mês de maio que se divide entre lembranças de tempestades que já não caem sobre Havana, mas que, como outros, se mudaram para a Flórida. No imenso estacionamento, perdida entre centenas de carros com cores idênticas ao do amigo, fica ensopada de chuva. A água corre sobre os strass do jeans, se arrepia o único pelo que lhe resta, e ela tenta se proteger com as sacolas de nylon cheias de sutiãs, calcinhas, flores azuis e enchimentos. As gotas estão geladas, como as da fonte de vidro de Chicago onde o viu pela primeira vez, sentado como se não fosse estranho ser o único cubano naquele lugar, como se ele tivesse fundado a cidade ou que aquela cidade fosse uma das noventa versões de Havana. Achou o carro que procurava quando estava a ponto de ficar realmente brava. A história de que há um esquecimento em cada porto estava indo por terra com aquela chuvarada. Sentia falta de um abraço, um calor conhecido no meio daquele nada.

Quando chega à casa do amigo, confirma que a única coisa que está seca é a roupa íntima nova. Entra no pequeno banheiro da sala, e sem dar muitas explicações, coloca o par mais escandaloso. O amigo lhe alcança um pulôver pela porta entreaberta, "e uma ceroula, cara, porque estou morrendo de frio". Mas o barulho do ar-condicionado engole seu pedido, e ela sai para procurar a ceroula com as cintas-liga, sem sapatos, com o pulôver, e com o cabelo molhado.

Apenas quinze minutos depois, jogada no colchão fofo, ela fecha os olhos e, por muito que se esforce, só consegue lembrar do amigo arrancando sua roupa interior sem cuidado. Sente a queimadura que provocam seus dedos bruscos sobre sua pele sensível. Vê, mais uma vez, como caem no chão as cintas-liga, os enchimentos e as flores azuis, enquanto os persegue no seu voo curto, tentando ver se já estragaram com aqueles puxões, se estragaram tão rápido, tão novos, tão acabados de comprar.

Seu amigo não notou a delicadeza da pele recém-depilada, e ela aceitou com valentia a investida cruel. Perdida entre o som da chuva, como digna *balsera*, gritou, implorou que a arranhasse com força, que batesse na sua cara e nas suas tetas. Às vezes, a dor também servia para se sentir acompanhada.

Agora, com todas as luzes apagadas, Nina Simone canta nas imensas caixas embutidas na parede. "Don't smoke in bed", diz Nina. Mas seu amigo e ela, de costas um para o outro, não dão bola para a cantora.

A chuva lá fora acalma, empapando a escuridão de um quarto cheio de sutiãs com enchimento e flores azuis (quebradas?). Faz uma eternidade que ela foi até alguma versão de Havana. A imensa balsa como imagina Cuba flutua sozinha, sem destino, em sua imaginação. Ela não sente falta de nada daquilo, mas sente falta de voltar a ter um lar, quer deixar de pular de aluguel em aluguel, de país em país, de idioma em idioma. Às vezes é possível estar mais próxima da balsa quando se divide o caminho com outro *balsero*. As luzes do alto-falante fazem com que se lembre, mais uma vez, da luz precoce de Chicago, o único lugar, em muito tempo, onde se sentiu retornando a alguma parte. Lembra com exatidão como a luz incômoda caindo da ampla janela da sacada até o tapete ilumina a saborosa magreza do corpo dele. Reconhece até o sotaque dos seus grunhidos, acredita ver o mapa de um arquipélago nas marcas de suas costas. Saboreia mais uma vez seus beijos de cigarro, sente entre suas mãos as contínuas voltas de seus poucos cabelos. Pensa nos palavrões que ensinou para ele em uma só noite. "Todos os cubanos sabem dizer grosserias, rapaz", sussurra. Sabe que esse seria um bom argumento para romper o silêncio entre dois *balseros* que seguem à deriva pelo mundo. E começa a falar muito baixo, com o amante que logo vai ter que esquecer. Compõe o rosto distante, o timbre da voz, a malícia de um estranho sorriso que se forma no meio dos lábios. Na sua lembrança, o homem se torna uma bonita casa, com janelas enormes e lareira de tijolos, uma casa com lareira que flutua sobre uma balsa. Sussurra seu nome – ou foi Cuba o que ela disse? –, fala tão baixo que seu amigo não a escuta, brinca com as sílabas das palavras e continua boiando, perdida interminavelmente na nostálgica espiral da fumaça de Nina.

As manhãs de sábado

"Você não tem conhecimento suficiente pra falar deste assunto". O tom não era conciliador. Era sua maneira de lhe dizer: "Cala a boca", como tinha dito tantas vezes antes; como tinham dito tantos homens antes. Ela sabia, entendia o código, tinha aprendido por conta de outros maus-tratos mais explícitos e cruéis do que aquele. Então, se calou mais uma vez, sem muitos traumas, como os cachorros que aprendem a parar de latir quando veem o jornal.

"E agora ficou brava por quê? O que foi que eu falei?", lhe criticou do mesmo jeito. E ela soube que deveria dissimular qualquer mal-estar ou arruinaria a manhã daquele sábado luminoso. "Não, imagina, não tô brava", e para dar a impressão de que tudo estava bem, começou a fazer perguntas que ele poderia responder do seu lugar de magnificência. "Então você acha que é uma boa Universidade?" "Uma das melhores do país." "E você gostaria de trabalhar lá?" "Não sei você, mas eu adoraria trabalhar naquela Universidade, é maravilhosa, ainda que você continue achando que ela não vale grande coisa e fique com essa cara de cachorro sem dono. O que falta é você se informar um pouco melhor." "Com certeza", ela afirmou, tentando parecer enfática, mas sem muita submissão; tentando parecer segura, tentando mudar a cara de cachorro sem dono. Tentando parecer autêntica naquele "com certeza", que era tudo menos "com certeza". Aquela manhã de sábado valia todas as tentativas.

Ele disse de novo: "Trate de se informar, porque não deve andar por aí repetindo as coisas que você escuta", e ela não pôde evitar de se lembrar do padrasto e da primeira vez que ele lhe mandou calar a boca porque ela estava falando mal do presidente. Depois ele disse: "Você não sabe nada desta notícia de jornal, você não sabe nada de política". Seu padrasto nem sequer deu valor para o Prê-

55

mio Nacional de Jornalismo Econômico que ela tinha recebido no ano anterior; nem se importou que ela fosse todos os dias escrever notas informativas e artigos editoriais sobre aquele presidente de merda; e ela também não se importou que aquele fosse o homem do qual sua mãe recebia gritos e empurrões todos os dias. Por isso, contra-atacou. Gritou, esperneou, disse que se ela não sabia nada de jornalismo ele sabia menos ainda, que era um guarda de merda, um comunista cego. Então, sua mãe também não se importou com os nove meses que a levou na barriga. A enxotou de casa. E ela, depois de pouco tempo, sem um lugar onde ficar, teve que voltar com o rabo entre as pernas. Não pediu desculpas, mas aprendeu que às vezes a única rebeldia possível é tratar os outros como idiotas. Por isso, quando ele repetiu que ela não tinha conhecimento suficiente para criticar aquela Universidade, precisamente aquela Universidade, ela simplesmente pensou em como aquele sábado poderia ser bonito e fez o possível para não parecer estar muito chateada. Assentiu, fez algumas perguntas bobas, aceitou, como há muito tempo já tinha aceitado seu destino. Ele continuava monologando sobre as vantagens de ter uma vaga permanente em qualquer Universidade, porque era o único espaço onde poderia ser gestada uma verdadeira mudança social. Então, o telefone tocou na mesa de cabeceira. Ela disse baixinho: "Me desculpe, mas preciso atender". Ele olhou para ela: "Claro, claro, atende, amor".

"Alô?", e ela escutou do outro lado a voz de Abigail, sua secretária: "Oi, doutora, desculpe por incomodar num sábado de manhã, mas precisamos da senhora aqui no Departamento. Aconteceu um problema com uma aluna de Comunicação, e o reitor pediu uma reunião com todos os decanos. A senhora precisa que eu peça um táxi?" "Não, Abigail, não se preocupe, chego em quinze minutos". Pulou da cama, e começou a se vestir o mais rápido possível. As manhãs de sábado não tinham salvação.

56

Made in URSS

Fazia uma hora e meia que Kati estava naquele escritório do Serviço de Imigração dos Estados Unidos quando finalmente foi chamada. Estava nervosa. Tinha recebido a convocação para esse encontro com menos de 48 horas de antecedência, coisa pouco comum. Na verdade, todo o trâmite era pouco comum. Ela já tinha feito tudo o que era necessário para obter o puto *Green Card*: preencher o formulário I-485 atualizado e enviá-lo como carta autenticada para um escritório em Chicago. Tirar as impressões digitais em um escritório em Hialeah. Ir para uma entrevista naquele mesmo escritório de Hialeah. Pelas suas contas, pelas contas do atendimento telefônico do Serviço de Cidadania e Imigração dos Estados Unidos e também das centenas de cubanos consultados, já era hora de que o seu documento de residência chegasse, em um envelope branco comum, tão comum que deveria ter cuidado para não o jogar fora. Por isso estava nervosa com aquela convocação. Ela não aparecia em nenhuma de suas listas de coisas "A fazer".

Com um espanhol perfeito, a recepcionista chamou pela segunda vez: "Senhorita Katiuska Pérez Acanda". Se assustou ao não ser chamada de "B13". De repente, tinha se transformado em um nome completo, como quando levava bronca de sua mãe; como quando a professora Eumelia fazia chamada no ensino médio, ou como quando Luis lhe pedia todo o dinheiro que tinha conseguido na noite anterior, suspeitando de que ela tinha ficado com parte dos lucros: "Não banque a espertinha comigo, Katiuska Pérez Acanda", e lhe dava um tapa na cara. O mesmo rosto vermelho de estresse que a acompanhava em direção à cadeira indicada pela recepcionista da Imigração.

Kati anda devagar. Queria parecer tranquila. No final das contas, sua maior virtude sempre foi se comportar de maneira diferente em diferentes lugares e quase nunca parecer quem realmente era. Kati sabe dissimular. Pode ser a mulher que querem que ela seja. Mas está nervosa. Por isso, entre as montanhas de papel e as mesas que a rodeiam, só vê com nitidez a cadeira preta que a recepcionista indicou. Kati se senta.

A primeira coisa que lhe surpreendeu foi ver como o oficial que iria atendê-la era gostoso. Ia cruzar as pernas para lhe presentear com uma visão furtiva da sua calcinha de renda branca, mas conteve o instinto:

— Are you Katiuska Pérez Acanda? — Nem bom-dia, nem me desculpe incomodar, nem porra nenhuma.

— *Espanish mister plis.*

— Sim, claro, senhorita, claro. — E quando Kati distinguiu o inconfundível sotaque colombiano, se arrependeu de não ter cruzado as pernas — Katiuska Pérez Acanda é a senhora?

— Eu mesma.

— Tudo bem. Muito obrigado. Isso é tudo.

— Como assim?

— Que a senhorita pode ir embora.

— Já?

— Sim, senhorita Katiuske.

— Ka.

— Quê?

— Ka-tius-ka.

— Senhorita Ka-tius-ka, muito obrigado.

E Kati tropeçou com o ponto final da frase daquele colombiano e saiu em disparada. Tinham recomendado que ela evitasse encrencas, "não fale muito alto, não reclame por perder um dia de trabalho, nem xingue a mãe do policial da imigração", lhe advertiu sua advogada. Mas, de filho da puta e de muitas outras coisas Kati o chamou em pensamento, enquanto caminhava até o estacionamento do escritório de Hialeah. "Nem era tão gostoso assim."

Era a segunda vez que faziam a mesma coisa. Primeiro foi a encheção de saco com sua certidão de nascimento. Teve que entregá-la duas vezes. Não lhe deram qualquer explicação. Que mandasse de novo e pronto. "Não compre briga, diga pra tua mãe ir ao Registro Civil em Cuba e fazer o reconhecimento dessa merda", a advogada dizia tranquilamente. Nem ela nem os gringos se importavam que sua mãe sofresse dos nervos e se estressasse por qualquer coisa. Kati nunca soube qual era o problema com o primeiro documento. A advogada lhe disse: "eles mandam, você obedece". Mas outra cubana, que conheceu na fila do Walmart, comentou que isso com certeza tinha acontecido porque na certidão de nascimento dizia que Kati tinha nascido em Kiev, na antiga União Soviética, mas lhe aconselhou que não se preocupasse além da conta, porque "aqui pra tudo se dá um jeito, minha filha".

Efetivamente, Kati tinha nascido em Kiev, em 1976, nove meses depois que sua mãe e seu pai, dois cubanos, estudantes exemplares de engenharia mecânica, com bolsas para terminar seus estudos universitários na solidária URSS, se enganaram nas contas do dia da ovulação. Era negríssima, confirmação de que o acidente de seu nascimento era apenas isso, um acidente. Como ela, outros milhares de cubaninhos *made in URSS* logo naturalizaram o acaso e falavam de Kiev, da Ucrânia e da URSS como se fosse da Maternidade Geral de Havana. No final das contas, esses espaços cumpriam a mesma função em suas vidas: nenhuma. Se na migração alguém lhes perguntava: "Você é de onde?", os *made in URSS* sempre respondiam "de Havana" ou "de Camagüey" ou "de Las Tunas". Para todos, era natural ser cubano nascido em Kiev. Para todos, menos para os gringos. Por isso, eles não aceitaram que Kati se enganasse ao preencher o formulário I-485, nem acharam tão natural que sua certidão de nascimento registrasse: "Local de nascimento: Kiev", "Nacionalidade: cubana".

Depois disso, Kati aprendeu a se lembrar, todos os dias para o resto da vida, que era uma cubana de Kiev. Lamentava que o aprendizado tivesse chegado tarde. Agora o fodido do Bush não ia mandar nunca mais seu *Green Card* dentro de um envelope branco comum. Ela tinha certeza de que o governo dos Estados Unidos achava que ela era uma espiã russa.

— Espiã o quê? — lhe perguntou sua mãe aos gritos, quando Kati comentou sobre suas ideias pelo telefone —. Mas como você me conta uma coisa dessas pelo telefone? Você está louca?

— Não, mãe, não. Eu tô é desesperada, se eles acharem que eu sou uma espiã russa nunca...

— Puta que pariu — lhe interrompeu sua mãe. — Eu te ensinei mais coisas do que isso, Kati...

Kati suspirou. *Big brother* tinha sido *big mama* sua vida inteira.

— Bom, mãe, só queria dizer que não consigo arrumar meus papéis aqui. Parece que as coisas com os russos estão...

Do outro lado, soou chamada encerrada. Sua mãe tinha desligado. Kati decidiu não chorar. Nunca chora. Se não queriam lhe dar a residência americana, que não dessem. Pensou que logo encontraria uma maneira de solucionar seu problema. Não tinha morrido roubando Luis; não tinha morrido ao ser enganada pelo seu contato na Colômbia; não tinha morrido atravessando toda a América Latina a pé até chegar à fronteira do México; nem tinha morrido quando um capanga abusou dela em uma espelunca de hotel em Tamaulipas; não ia morrer por causa de uns gringos burocratas filhos da puta nem por causa da louca da sua mãe. O telefone tocou. Kati não reconheceu o número no identificador de chamadas.

— Alô? — A mãe arrependida? Um vendedor?

— Aurora, você não precisa se preocupar porque vai dar tudo certo. Apenas seja precavida, minha filha. Talvez seja a hora de mudar o número de telefone.

— Número errado.

— Aurora — repetiu o colombiano —, o cartão verde vai chegar dentro de dez dias, num envelope branco comum, sem remetente. Já não sabemos como fazer você entender que precisa se acalmar. Já disse hoje de manhã que estava tudo certo. Temos tudo sob controle, mas demorando um pouco por causa das novas suspeitas. A senhora do Walmart também falou claramente: o cartão demora, mas o cartão chega, minha filha.

— Na minha casa?

— Não, minha filha, na tua casa não. Você é mais esperta do que isso.

— Colombiano, me disseram que esta ligação teria o código de Madri. Já era hora de você aparecer, seu grande filho da puta — e foi Kati quem desligou.

Pique só um pouquinho

Ontem ele cozinhou, hoje é minha vez. Di-a-de-tra-gé-di--a-na-ci-o-nal. Já sei que é um dia trágico porque minha sogra não pode me ver na cozinha sem se meter. Queria dizer que a culpa é dele, porque, cinco anos depois de casados, continuamos morando com minha sogra. Mas, honestamente, a culpa não é dele. Desde que cheguei de Cuba, por diferentes meios, tentou tirar a mãe de casa três vezes e nada. Essa velha condenada não desgruda. Vamos alugar uma casa sozinhos, sem avisar, sem dar o endereço, cheguei a sugerir-implorar um dia; mas ele me disse que não; que esse não era o caminho para solucionar o problema. "Zedilla deixou o país de cabeça pra baixo, temos que ajudar a família pelo menos", disparou contra meus dilemas. Por isso, às vezes, ainda me dou ao luxo de pensar que, se continuamos enroscados na mamãe-sogra, é por culpa dele.

Mas, para além da divisão de culpas, depois de cinco anos de guerra fria e crise internacional, hoje é meu dia de cozinhar. Entro na cozinha em silêncio ("Virgem de Guadalupe, que ela não perceba que eu estou aqui") e tiro o frango do freezer ("Se ela não perceber, acendo uma velinha pra você, São Judas Tadeu"). Vou fazer uma canja, tem que ser canja porque ele está doente. O grito de guerra se personifica na porta da cozinha: "Canja no domingo? Esses cubanos são estranhos mesmo. E você não coloca sal quando a água começa a ferver? Não tem sal em Cuba?... ou não tem água? Ai, mas olha o jeito que você está picando as batatas. Não tem batata em Cuba? Deixa que eu pico. Mas você vai botar batata na sopa? Esses cubanos..." Respiram, esses cubanos respiram. Eu respiro. Um... dois... três ... quatro... A vida é muito mais do que essa meia hora disfrutando da companhia da minha sogra na cozinha. "Vamos fazer a sopa com tomate?", me pergunta, entusiasmada. Vamos? Vamos? Vamos? Me devolvo a pergunta e me pergunto outra vez. Tenho que me esforçar para não responder que antes de ontem era seu dia de cozinhar e que tivemos que comprar hambúrguer porque eram cinco horas da tarde e ela não tinha colocado o pé na cozinha, nem sequer tinha demonstrado a intenção de entrar em casa para preparar a comida e parar de fofocar com as vizinhas. Essa história vai ser sempre assim, sogra? Hambúrguer antes de ontem e "nós, você e eu, vamos" pôr tomate na sopa hoje? Que um raio parta minha cabeça. Essa mulher não me dá sossego e tem mais saúde do que Fidel Castro. "Não sei fazer com tomate", digo com a voz mais tranquila do meu repertório de nora paciente, como se tivesse que amá-la e respeitá-la também até o último dia da minha vida. "A sopa de tomate é igual a que você faz", me responde como um tiro. *Touché*. Dá para ver que estava ensaiando a resposta. "Que bom", respondo e tiro os legumes do plástico para picá-los em pedacinhos. "Não, não, não. Não pique assim, filha, eu gosto dos legumes grandes, que possam ser vistos no prato." Estou quase chamando ele, sinto pena que esteja com febre e mal do estômago, mas vai ter que se levantar da cama ou essa cozinha vai queimar como Troia e outros lugares comuns.

"Então não é como eu faço, dona sogra." "É sim, tudo do mesmo jeito, mas pode deixar que eu douro os legumes como minha mãe me ensinou, porque uma coisa que ela sabia fazer nesta vida era cozinhar." Antes achava curioso que esta senhora sempre falasse sussurrando, com aquela não-voz que sai da sua garganta como se não tivesse uma língua que a articulasse no caminho. Depois descobri que os vilões da Disney que passam o filme inteiro conspirando contra os outros falam como ela. E eu só me pergunto, aqui parada, estoica na MINHA cozinha: Por que você não fez a maldita sopa com tomate antes de ontem quando era teu dia de cozinhar? E, ainda estoica, seguro a faca com as duas mãos, para cortar o nabo-mexicano que vou servir de sobremesa. Esses legumes insossos já salvaram essa velha de morrer na minha cozinha não sei quantas vezes e também salvaram essa cubana de apodrecer no Centro de Readaptação Social feminino por homicídio premeditado contra uma cidadã mexicana.

"Eu gosto de canja quando ela está bem vermelha e com os legumes grandes. Porque você pica a comida como se fosse alimentar galinha, bom, dizem que isso é coisa de gente grã-fina... ou será de gente pobre? Picar tudo assim, pequenininho, pequenininho, faz volume, mas não dá sabor..." Vai continuar me criticando como se estivesse me elogiando durante dez minutos e quatorze segundos. Essa sempre foi sua maior virtude, sua maior contribuição para a literatura oral: a filhadaputice disfarçada de elogio. Mas eu estou a ponto de dar uns chutes no nabo-mexicano, porque a faca já não é o bastante para minha ira.

Então, vejo como sua garganta se mexe para começar a não articular outra frase e já sei que o Armagedon chegou à minha cozinha. "É o que eu te falo, filha, meu filho está doente por causa do hambúrguer que vocês compraram antes de ontem. Já disse que não é pra ficar comendo comida da rua a cada três dias, esse costume que vocês têm é muito ruim. Tem que cozinhar em casa, preparar comida saudável, umas *tortillas* de milho feitas a mão, na frigideira." Eu-não-sei-fa-zer-*tor-ti-llas*, vou me virar e cravar a faca na sua nádega direita e vou revirar até sentir a mão esquentando com aquele sangue de sogra que é puro veneno. Então, ela dá um passo em direção à pia, onde estou parada, me olha nos olhos e cospe com raiva: "Presta atenção no que você está fazendo, se não vai se cortar. Pra variar, você está com a cabeça nas nuvens. Cubana miserável. Deixe esse nabo aí que eu termino de descascar". "Tudo bem, sogra, está aqui, a senhora sempre tão agradável." Seco as mãos e vou para o quarto chorar com minhas frustrações e meus sonhos de vingança.

Fique

"Uma oportunidade como esta não aparece duas vezes na vida, Flavia", disse Marisol em tom solene. Segurava sua mão com força e a olhava nos olhos como se estivesse revelando os mistérios do Apocalipse. Estava há dez minutos na mesma posição, desde o momento em que Marisol disse: "A gente precisa conversar". Estava claro que ela tinha ensaiado aquela ladainha: Miami é teu lugar, esquece de Cuba, Miami é o melhor lugar do mundo pra viver e pros cubanos, blá-blá-blá, *so* essas leis do governo para nos acolher não são eternas e você é muito jovem, *girl*! Eles não vão te dar um visto pra você voltar, este país é pros jovens, blá-blá-blá, aproveite e fique. *Estey hir* porque em Cuba não vai mudar nada. Flavia assentia. Em Havana, Marisol tinha morado desde pequena em uma casa de dois andares, em um bairro residencial chamado Casino Deportivo. Em Miami, morava em um trailer de um quarto que tinha comprado em North West, uma das regiões que mais aparecem nos noticiários locais e nunca com notícias boas.

Mas Flavia não estava com vontade de discutir sobre os ideais de bem-estar de sua amiga Marisol. Afinal de contas, ela não era a única que tinha se tornado uma cópia fiel dos demagogos "revolucionários" que tanto criticava. Para alguns, Cuba era o melhor lugar do mundo; para seus oponentes, entre eles Marisol, o melhor lugar era Miami. Nenhum deles conhecia geografias intermediárias. Em Miami, sua amiga era a quinta pessoa que lhe dizia "Fique" com tamanha convicção. O primeiro tinha sido Yoel, irmão mais novo de Marisol, quando fez o favor de ir buscá-la no aeroporto. A segunda, tinha sido Hilda, sua prima distante, mãe de quatro filhos, dependente da ajuda do *Children and Families*. A terceira, tinha sido Yulitza. Flavia achava que seu nome era esse: Yulitza. Na verdade, não a conhecia. Era uma assistente social que encontrou na casa de Hilda na tarde em que foi fazer uma visita, mas que lhe disse "Fique" como se a conhecesse desde o berço. O quarto, tinha sido Pepe, seu velho professor de música. Marisol era a quinta, e Flavia acreditava que isso se devia ao fato de ter encontrado apenas cinco cubanos durante a viagem. Parecia que ali trocavam o *Green Card* por algumas expressões de extremismo bem aprendidas.

No começo, Flavia tentava explicar para alguns deles sua decisão de não permanecer na cidade. Mas depois de algumas discussões acaloradas e acusações do tipo "você é uma burra", da tal Yulitza, decidiu parar de dar explicações. O cúmulo do absurdo foi o infarte do professor Pepe. Ficou tão emputecido quando Flavia lhe abriu o coração e disse que não queria ficar, que não achava que Miami era o lugar dos sonhos e que o capitalismo era a mesma merda em todos os lugares, que teve um piripaque na frente dela. O susto que sentiu ao ver Pepe agarrando o peito com as duas mãos, tossindo até ficar roxo, convenceu-a de que conversar sobre economia política em Miami era tão inútil quanto desejar o fim da guerra fria. Todos precisavam de inimigos para sentir que tomaram as decisões certas na vida. Por isso, diante dos argumentos de Marisol, Flavia se limitou a assentir. Um infarte e quinze dias depois de ter chegado, se sentia craque em evitar discussões inúteis. Sequer precisava prestar atenção ao discurso. Sabia que todos os detalhes confluíam para uma única exigência: "Fique em Miami". Ou *"Estey hir"*, para falar em *Spanglish*, idioma oficial da cidade.

Por isso, conseguiu aguentar mais cinco minutos de Marisol segurando sua mão e blá-blá-blá; "aluguéis caríssimos, mas blá-blá-blá; sem plano de saúde, mas blá-blá-blá; plano familiar, dívidas, mas tudo muito bom blá-blá-blá...blá". "Valeu, Marisol, valeu", disse Flavia e conseguiu se livrar da mão da amiga, fazendo que ia pegar o celular para ver uma mensagem fantasma que talvez – *meybi* – tivesse chegado.

"Mari – Flavia aproveitou o silêncio repentino –, obrigada por aceitar tomar este café comigo. Sei que você trabalha muito. Mas eu queria te perguntar se você conhece algum mexicano ou alguém que vá pro México antes do final de semana e que possa fazer o favor de levar um envelope pro meu marido." Flavia se assustou com o estrondo da gargalhada nervosa de Marisol. "Mexicano em Miami? Ai, Flavia, você não sabe nada desta vida. Se você quiser encontrar algum mexicano tem que procurar na construção ou trabalhando no campo ou alguma coisa assim." Por alguns segundos, Flavia considerou que "Construção" fosse uma cidade da Flórida que ela não conhecia. Mas se lembrou de Augusto, o marido de Marisol, porque alguém tinha lhe contado que desde que chegou trabalhava em uma empresa construtora de condomínios de luxo. "Ai, Mari, Augusto não conhece nenhum mexicano no trabalho?" Marisol se levantou da mesa como se Flavia tivesse xingado sua mãe: "Bom, eu tenho que ir. Quando você vai? Vamos ter tempo pra outro café? Estou super ocupada, ocupada mesmo... bom, mas me diga, Flavia, minha filha, acorda, quando você vai?"

Flavia não estava dormindo. Estava em um estado catatônico, sentindo mais uma vez as lufadas de palavras que saíam sem trégua da boca de Marisol, e ainda se perguntando que cidade era aquela chamada "Construção" da qual sua amiga se negava a falar com tanta veemência. "Flavia, minha filha, acorda." "Ah, tá, tá, Marisol, vou embora na semana que vem. Mas eu queria encontrar alguém que levasse o envelope pro México antes disso, porque se eu mandar por correio vamos chegar quase ao mesmo tempo." Outra vez parecia que um alarme fazia Marisol bater em retirada. "Flavi, bom, minha querida, mande um beijo pra tua mãe." Aturdida, Flavia assentiu de novo. A menção à mãe morta fez com que ela se desse conta de que fazia muitos anos que não falava com Marisol ou que sua amiga não tinha prestado atenção em nada do que ela tinha contado durante o primeiro café cubano que tomaram juntas na terra do reencontro.

Marisol se levantou da cadeira e começou a pegar suas coisas que estavam espalhadas pela mesa. Era um vendaval de gestos e sílabas soltas. Enquanto guardava seu maço de cigarros verdes na bolsa dourada, contou para Flavia que uma colega de trabalho que ela não conhecia, mas que certamente gostaria de conhecer, tinha filhos muito bonitos; pegar o chaveiro com a bandeira americana de dez centímetros fez ela se lembrar de que a colombiana que tinha lhe dado aquele maravilhoso chaveiro de presente tinha oito cachorros ("oito cachorros!") no quintal de casa. O isqueiro com brilho roxo trouxe à baila sua chefe, uma mulher de 52 anos, grávida e com os hormônios em ebulição, a coitada estava muito alterada, mas todo mundo achava que o marido a traía com outra, uma colega de trabalho do escritório que Flavia também não conhecia – é óbvio – mas que certamente gostaria de conhecer. Ela, a amante do marido da chefe, era quem tinha lhe dado de presente aquele leque de renda. "Claro, claro, adoraria conhecer ela, bonito o leque", respondeu Flavia automaticamente enquanto começava a sentir calor só de ver Marisol colocando a jaqueta rosa, com as costas cheias de strass.

"De jaqueta, Marisol?", perguntou quando a viu chegar ao café sob um sol a pino de agosto, sem estender a crítica ao tom fúcsia e aos strass. Mas quando viu a amiga colocar a mesma jaqueta na saída, Flavia entendeu finalmente que, com aquelas cores, Marisol preenchia algo que lhe faltava na vida. "Bom, vou voltar pro trabalho", disse mais uma vez com desorbitada seriedade a cubana de Miami, como se todos os detalhes sobre aquelas pessoas de outra galáxia a tivessem conduzido de maneira natural para o mesmo pensamento: "Mas, pensa, *estey hir* e pode contar comigo".

Trocaram beijos estalados. Flavia viu como se afastava a jaqueta rosa com strass de Marisol. Suspirou. Era irônico que aquele "pode contar comigo" tenha sido dito pela mesma mulher que deixou sua mensagem de WhatsApp visualizada três dias sem resposta antes de aceitar aquele café. Ao longe, Marisol se tornou uma jaqueta rosa com duas pernas, e depois uma jaqueta sem pernas, uma mancha brilhante, uma rua desconhecida. Flavia fez um gesto rápido para o garçom para pagar a conta. Do balcão, ele gritou: "Tua amiga já pagou". Flavia, em um reflexo inconsciente, para se defender do grito, encolheu os ombros. Ao ver o gesto, o garçom entendeu que ela não tinha escutado. Se esforçou e gritou mais alto: "Tua amiga já pagou, já pagou!", ao mesmo tempo em que esfregava o dedo indicador e o polegar da mão direita e passava a mão esquerda aberta pelo pescoço como se fosse uma faca em ação: "ela-já-pa-gou". Entre aqueles gritos de gentileza que também poderiam ser de ameaça de morte, Flavia saiu do café desafiando a velocidade da luz. Tentou se esconder embaixo dos guarda-sóis das mesas, entre as pessoas que tomavam outros cafés, esbarrando em uma e outra, até que chegou à calçada do prédio, e, ainda bem – isso sim gostava de Miami – em frente ao mar.

Atravessou a rua. Andou na calçada em direção à areia e sentiu o calor de milhões de grãozinhos de rocha perto dos seus pés. Tirou as sandálias novas com cuidado. Pensou que poderia passar a tarde inteira naquele ponto do universo, com os pés descalços debulhando pequenos grãos de sal. Na verdade, poderia ficar ali a tarde inteira. Já tinha escaneado os livros raros que tinha vindo procurar no Museu Pérez dois dias antes, na mesma tarde em que conseguiu um acordo que ia fazer o negócio crescer bastante. E ainda tinha uma semana para conhecer todos os cantinhos de Miami Beach. Tinha prometido para Esteban que aproveitaria a viagem, "principalmente o mar que você sente tanta falta", "principalmente o mar, meu amor" e se beijaram pela última vez na passagem da aduana. A paz voltava quando pensava em Esteban. Ele, tão sereno, que diria daquele turbilhão de gente e das lembranças com os quais a mulher tinha se encontrado? Pensar em Esteban a afastava cada vez mais da ladainha de Marisol, do infarte de Pepe, dos gritos daquele garçom no café, da estranha caricatura de Havana que acreditava ver a cada passo que dava.

Os gritos atrás dela a devolveram de supetão ao calor da areia. "Flavia! Flavia!" Era Yelenis. "Mulher, você sabe que essas coisas só acontecem em Miami, a gente se encontrar assim na rua." Se abraçaram sinceramente. "Yele, que bom te ver, como você está bonita." "Mas menina, como você não tinha me contado que estava em Miami? Morando ou de visita?" "Ai, Yele, minha filha, vim passar poucos dias e eu achava que você ainda estava no Brasil." "Não, menina, não consegui renovar meus papéis lá e tive que vir correndo pra cá faz dois anos porque pra Cuba eu não voltava nem morta. Mas vamos, vamos nos sentar na beira da praia. Você tá com tempo? Veja que coincidência. Eu venho todos os dias aqui neste mesmo lugar para ver o entardecer."

A alegria do encontro logo se dissipou. Quinze minutos depois do primeiro abraço, Yelenis se tornava a sexta pessoa em Miami que repetia o mesmo *script*. "Você vai embora daqui a uma semana? Tá louca? Uma oportunidade como esta não aparece duas vezes na vida, Flavia, fique, garota, essa foi a melhor decisão que eu tomei na vida." Flavia, no entanto, estava com menos paciência. "Bom, Yelenis, não perca teu tempo com esse sermão nem *estey hir*, nem *estey dear*, que eu não vou ficar em Miami." Sempre tinha achado Yelenis mais inteligente do que Marisol, ainda que tenha deixado de ver as duas amigas na mesma época, quando cada uma começou a estudar cursos diferentes na Universidade de Havana. Como da última vez em que fizeram seu tempo coincidir para se encontrar no Malecón, em Miami a tarde começava a cair no mar, diante delas. A costa sul da Flórida é um lugar muito estranho. Oferece os pores do sol alaranjados mais bonitos do mundo, mas, como está no Atlântico, a silhueta do sol não aparece para tocar o horizonte. Quem sabe por isso aqui os migrantes cubanos nunca se curam de seus fantasmas de Cuba. Porque na cópia do país em que converteram a cidade continua faltando a figura do sol estoico que se funde todas as tardes com o mar.

Flavia sentiu que não era necessário um silêncio tão incômodo. "Você conhece alguém que vá essa semana pro México?" "Você tá certa", respondeu Yelenis. "O quê?" "Que você tá certa de não ficar aqui. Eu vim do Brasil porque não tinha mais remédio. Mas aqui é difícil, Flavi, é muito difícil. E não, não conheço ninguém nem que vá pro México nem que não vá pro México, estou praticamente sozinha. Esta cidade é uma máquina de moer gente, uma máquina de trabalho, uma merda maquiada." "Yele, e tua tia? Ela não estava aqui há um tempão?" "Sim, mas a gente quase nunca se fala, ela tem as coisas dela, o trabalho, os netos, você sabe, a vida dela." "E você sempre fala com Marisol?" "Não muito, no dia do aniversário dela, no *forth-of-julai* e datas como essas." "Você sabe se ela continua com Augusto?". A coisa mais estranha de todas é que o laranja do entardecer de Miami sempre se torna mais intenso um segundo antes de desaparecer. "Continua, continua, respondeu Yelenis, continua com Augusto, coitado, tremendo batalhador que está metido na construção, sempre trabalhando, mas a monga da Marisol diz que, para que o banco não tire o crédito do carro, precisa falar pra todo mundo que Augusto é arquiteto e que ganha uma nota." "E isso por quê, Yelenis? Então, como paga o carro?" "Não é ela que paga, menina. Dizem que quem paga é um mexicano, gerente de um banco, com quem ela anda chifrando o pobre Augusto. Você não notou que ela até colocou silicone?". As duas riram até o corpo tremer, riram sem pressa, com suas lembranças. Flavia encontrou na história uma espécie de vingança menos dramática que o infarte de Pepe.

O cinza ocupou todo o horizonte. "Olha o amendoim torrado, tudo baratinho", teve a impressão de escutar ao longe, na rua ou na sua adolescência em Havana. Um vendedor de amendoim em Miami? ia perguntar a Yelenis, mas a amiga anunciou sem preâmbulos que ia embora. Estou de bicicleta, não quero que fique muito tarde, disse. "Sim, minha filha, eu também tenho que ir", foi a resposta de Flavia, sem esclarecer se ir significava ir embora da praia, de Miami, dos Estados Unidos, mudar sua passagem de avião para o México para a manhã seguinte, ou para aquela mesma noite, "o quanto antes, por favor", diria à mulher da companhia (sempre eram mulheres que atendiam essas ligações). Atentas à possibilidade de que aquilo fosse outra despedida, no seguinte abraço as duas amigas se estranharam ao não reconhecer no corpo uma da outra a magreza que permanecia intacta em suas memórias. "Que bom te ver, magrela", Yelenis desafiou a estranheza. "Que bom te ver, amiga", Flavia a abraçou de novo e deu um beliscão na sua bunda. Eram as mesmas e eram muitas outras.

Flavia viu o shorts preto de Yelenis dando pulinhos na areia morna, afastando-se entre as palmeiras do catálogo turístico, mais silenciosa do que em sua chegada. Um pouco mais para lá do começo da calçada, também teve impressão de ver a silhueta de uma bicicleta, oxidada e solitária, amarrada em um poste. Pensou outra vez em Esteban e em como ficaria feliz que ela mesma levasse os papéis de cooperação assinados, ainda que isso significasse que havia renunciado a seus dias extras em Miami Beach. Com a mudança de voo, certamente chegaria na Cidade do México com tempo para jantar com acionistas do negócio que Esteban e ela tinham aberto cinco anos atrás. Aquele era seu maior sucesso, o que tinha pagado sua viagem para Miami, seu hotel, seu táxi para ver a prima Hilda, suas sandálias novas, aquele era o sucesso sobre o qual não teve oportunidade de falar para nenhuma de suas antigas amigas, ou sobre o qual quem sabe ela tenha falado sem que a escutassem. Quem diria que tão longe do mar, aquela cidade desértica e superpovoada, na qual tinha chegado como estudante de intercâmbio aos 20 anos de idade, ia ser o lugar onde se sentiria mais perto dela mesma. Ainda que devesse reconhecer que o problema não era o mar, quem sabe o problema fosse Miami, uma cópia exageradamente idêntica de Havana onde, no entanto, sempre faltava alguma coisa, talvez (quem pode ter certeza?) a silhueta laranja de um sol estoico derretendo todas as tardes no horizonte. Flavia tirou o celular do bolso e fez uma selfie. O cinza já tinha ido embora. Na tela do telefone estava tudo escuro. "Tudo bem." Existem momentos que precisam ser preservados *forever*.

O gringo

"O que você chama de cartilha de racionamento, na verdade é caderneta de abastecimento. Não sei por que os gringos têm essa mania de dar um nome tão fino para a caderneta." "Eu não sou gringo", disse e, brincalhão, beliscou seu mamilo escuro. Ela sorriu sinceramente e acariciou o braço dele. Gostou de sentir os pelos finos, a pele macia, mas carnuda, nada a ver com o galego super velho com quem tinha ido para a cama no dia anterior. "Aqui todos os que não são cubanos são gringos ou galegos, e você não parece galego." "É porque vocês estão loucos por causa da cartilha de racionamento." "É caderneta de abastecimento", disse mais uma vez e se lançou para morder seu queixo.

Estavam assim há um bom tempo, jogados no sofá do pequeno quarto, falando bobagens, rindo, se tocando. Lá fora, o calor de agosto devia estar rachando as ruas. Mas o ventilador de teto estava cumprindo bem seu papel refrescando o ambiente. E, ao contrário da maioria das casas de aluguel sebosas para putas que era possível encontrar na parte antiga de Havana, aquele quarto era iluminado por duas imensas janelas que permaneciam abertas sem nenhum pudor porque o edifício ao lado era uma ruína abandonada, sem vizinhos fofoqueiros.

"E o que vão dar este mês nessa cadernetadeabastecimento?", perguntou de novo o gringo, sem ter mais do que falar. "Vão dar 10 quilos de carne bovina", ela disse, e riu com uma gargalhada estrondosa que ocupou o quarto inteiro. Ele ficou sério. "Então não sei do que esses cubanos miseráveis se queixam, deveriam cuidar do colesterol e parar de pedir esmola para todo mundo que conhecem." Ela não entendeu se aquilo era uma ofensa ou uma brincadeira, mas estava feliz e decidiu continuar rindo, tinha muitos gringos equivocados, mas ele não parecia má pessoa: "Claro que não, cara, é brincadeira, aqui é proibido carne de gado e se te pegam matando uma vaca, putzzz, são 20 anos de cana sem direito à fiança". "Que humor sem graça o de vocês", respondeu começando a fazer cócegas nela.

Ela se deixou levar pela sensação do corpo. Se sentia bem. Gostava daquele cara. Isso tinha acontecido muito poucas vezes nos últimos dois anos. Não estava surpresa. Claro que era possível aproveitar o sexo com um desconhecido. Sua mãe jamais acreditaria se ela confessasse uma coisa dessas. Faria o sinal da cruz, se confessasse algo assim. Sua mãe, que sabia que ela estava se prostituindo, mas que continuava se fazendo de boba porque só queria o dinheiro... precisava do dinheiro. A mesma coisa com a irmã, que a adorava enquanto pudesse ficar com toda a roupa nova que ela conseguia comprar, mas que sempre estava ocupada para acompanhá-la ao médico.

Mas o gringo a afastava de tudo aquilo por um instante. Quem sabe pudesse seduzi-lo de verdade, se casar com ele, ir para qualquer lugar, ter uma casinha com muitas janelas, depois um filho mestiço. O gringo parecia ter dinheiro. E, além de pagar pelo quarto sem que ela pedisse, era muito gostoso. Bigodinho loiro e curto que ela chupou como se fosse uma bala. Mãos firmes, com as quais acariciou sua barriga e fez com que ela tivesse seu primeiro orgasmo. Língua com sabor de fruta, que chupou todos os cantos do seu corpo de mulher. Sim, ele era bonito, e fez ela gozar duas vezes, coisa que neste ramo só acontecia se você tivesse verdadeiramente um dia de sorte. Se Pedro suspeitasse que ela estava aproveitando tanto, certamente entraria no quarto para dar uma surra no gringo... "não é gringo, puta merda", se corrigiu enquanto tentava afastar Pedro do pensamento, porque queria estar ali, naquele momento preciso no qual o outro lambia sua bunda como se o tempo não existisse. No final das contas, não se incomodaria em entregar a Pedro os 80% do dinheiro que tinha ganhado com tanto prazer. "Hoje, se Pedro quiser, dou tudo pra ele", e deixou que o gringo fizesse tudo o que queria, e também fez tudo o que ele pediu.

Caiu na cama encharcada de suor. Não sabia quanto tempo levavam se lambendo, nem quando tinha parado a chuva da sua vagina, mas a luz das janelas tinha mudado de cor. Lá fora, tudo estava laranja, ou estava tonta de tanto gemer? "Você me deu uma trepada das boas", ela disse olhando finalmente o relógio, pensando que teria que correr para entregar o dinheiro a Pedro na hora combinada. Se ele não desconfiasse que ela tinha aproveitado, quem sabe economizaria algumas bofetadas. Da última vez que Pedro bateu nela, tinha perdido um dente. "Não sei o que significa trepada – o loiro interrompeu seus pensamentos –, mas deve ser uma descortesia sua." "Não sei o que significa descortesia, mas trepada é sexo. É uma pena, galego, mas tenho que ir, me pague agora antes que eu me arrependa de te cobrar." Era uma brincadeira que usava com todos, tentando fazer com que se sentissem valorizados. Funcionava para as gorjetas. Embora tenha aproveitado com este cliente, não podia se dar ao luxo de não cobrar ou ela mesma teria que pagar Pedro do seu próprio bolso. O gringo era gostoso, mas não era para tanto.

"Que bom que você ficou arrependida de me cobrar, mulher, porque eu não vou te pagar." Ela começou a rir outra vez. "Continua fazendo graça, galego." "Não, mulher, não é uma brincadeira. Com os 10 quilos de carne que te dão pela cartilha de racionamento, meu dinheiro não vai te fazer falta. Já disse que eu não sou galego." "Olha, galego, gringo, somali, tanto faz, eu preciso ir. Me pague e, se você quiser, amanhã nos encontramos de graça." "Não vou te pagar, vagabunda. Você é uma puta de merda e gozou gostoso duas vezes. Considere-se paga." "Puta merda, galego, Pedro vai me matar." "Pedro é o caralho, não sei quem é e nem me interessa. Vai embora", e se lançou sobre ela.

Apertou seu rosto com uma mão e as costelas com outra, arrastando-a até a porta do quarto. Ela se assustou diante da imagem da violência. Viu a pele macia e clara do braço do gringo, pensou no dia daquele casamento lindo que não teriam, em como estaria bonito em um terno escuro. Sentiu a pressão da mão nos dentes e se lembrou do curso de odontologia que nunca terminou. "Porque era burra, por causa de Pedro, porque derrubaram o muro de Berlim." Viu o braço do gringo se contraindo diante da sua própria força e percebeu que aquele braço era muito mais fino do que o de Pedro. Os pelos loiros, quase transparentes, teve vontade de beijá-lo. Ela não estava acostumada com tanta beleza, gringo. Mas o braço era mais fino e mais bonito do que o de Pedro, muito mais fino, o mesmo braço que quinze minutos depois, jazia no chão, coberto de sangue.

Minha amiga Mylene

Mylene me disse uma vez: "ir embora de Cuba é renunciar a tudo o que lutamos para ser até hoje". Sinto muito orgulho dela, que é uma escritora premiada e nunca quis abandonar o país.

Mylene tem os peitos muito maiores do que os meus. Não sei se foram os peitos ou ser a maior escritora cubana do século XX – como escreveram uns jornalistas exagerados em uma nota minúscula publicada no *El Mundo* – que fizeram ela conseguir um namorado alemão. Ah, acho que eu não disse, mas Mylene também tem uma casa perto do mar, onde vive sozinha com seus livros e seus cachorros. Até que chegam os meses de julho e agosto, claro. No verão, ela mora com seus livros, com seus cachorros e com o namorado alemão que vem visitá-la.

Albert, o namorado de Mylene, é um cara bacana. É cineasta. Tem um sorriso daqueles que qualquer um pensaria que só existe em Hollywood. Ele sim é um grande artista. Até um jornal local equatoriano publicou uma nota sobre seu trabalho. Com aquele olhar contemplativo, tão próprio dos iluminados, Albert ensinou a Mylene que o encanto de centenas de entardeceres vistos do terraço do Hotel Nacional é muito maior do que o Atlântico visto da Flórida. Eu, como não conheço nenhuma das duas vistas, acredito no que Albert diz. Ele também ensinou Mylene como escolher as melhores lagostas que nadam nos tanques dos restaurantes mais sofisticados de Havana para um jantar íntimo e a fazer as melhores tortas de maçã verde. As melhores que já experimentei na vida... as únicas.

O melhor de tudo é que Albert demonstrou com convicção para Mylene que toda pessoa sensata prefere indiscutivelmente o tímido dezembro cubano ao cruel inverno alemão. E, perto dele, ela passou a ser uma mulher muito sensata. Mylene aceitou os conselhos do namorado e continuou em Havana, a joia do Caribe, segundo Albert.

Eu aproveito muito a companhia dos dois. E Mylene sempre diz que gosta muito de mim. No seu último livro, escreveu umas linhas muito bonitas que diziam alguma coisa como que a possibilidade de abandonar a pátria era um ato egoísta que só conheciam os frustrados ou os que não estavam dispostos a lutar. Soltei um escandaloso "obrigada" quando ela mencionou em público que tinha alinhavado essas linhas do seu romance pensando só em mim, porque suspeitava que eu queria migrar. Migrar? Eu? Como você acha isso, Myle? Tive que esclarecer aos gritos no meio do lançamento do livro, onde estavam o ministro da Cultura de Cuba e o secretário ideológico do Partido Comunista. No fundo, devo confessar, naquele dia mandei para o inferno Mylene e a filha da puta da editora que não riscou aquela frase. Por sua culpa, poderia ter perdido meu emprego como jornalista.

O problema é que cada vez que Mylene publica um livro, inclui histórias pessoais que eu confesso apenas para Albert e para ela quando me convidam para comer camarão na sua casa. Eu não sei como ninguém percebeu, como ninguém disse na cara dela que isso é plágio.

"Cinco mil cadetes vão participar do desfile de 26 de julho", comenta gritando meu editor-chefe, para tirar todos os subordinados da inércia. Estamos há duas horas na reunião da redação. Neste mesmo escritório, Mylene e eu começamos nossa carreira como jornalistas. Por isso, durante essas reuniões intermináveis, costumo pensar na minha amiga, que, apesar de um poco menos do que eu, também foi muito querida por todos da revista. Tão querida que foi a queridinha de todos os chefes, diriam algumas más línguas. Eu não falo dessas coisas.

Gosto de pensar nela nesses momentos porque se estivesse nessa reunião tão chata, estaria me passando bilhetinhos, tirando sarro de como Carlitos, o chefe da redação, esboça o próximo número da revista em uma folha de rascunho presa em uma prancheta de madeira, como se fosse um inspetor de transporte urbano sacana. Mylene faria gestos para me mostrar como os jornalistas mais velhos ficam ofendidos quando alguém propõe a publicação de uma nota sobre a última estreia de teatro, porque, imagina, ninguém nem deveria falar dessa obra porque nela aparece pelado aquele ator que interpreta aquela outra escritora que ainda por cima era lésbica.

Mas se eu aguento essas reuniões é porque eu sei que este é o único lugar na face da terra onde os plágios de Mylene são malvistos. De fato, nesta revista é proibido falar da minha amiga e é proibido publicar qualquer artigo, cito: "sobre sua literatura de merda que é uma traição aos princípios revolucionários desta pátria gloriosa", segundo o testemunho do preparado diretor. Ele fala mal dela, mas não se atreve a me desprezar. Ele sabe que precisa me tratar com respeito, com profundo respeito: "Liset, no próximo número, você deve resenhar a novidade que foi a construção da torre de alpinismo na Escola de Cadetes. Disseram que a torre era 'uma reivindicação antiga', como um 'plus para o treinamento militar', motivo pelo qual os cadetes vão para o próximo desfile do Primeiro de Maio mais entusiasmados do que nunca. Acredito que você, melhor do que ninguém, pode escrever um bom artigo sobre esse acontecimento".

Se eu respondo que sim, se pareço emocionada diante da tarefa e anoto todos os detalhes daquela torre de alpinismo na minha agenda, é por deferência, porque sempre vou retribuir o respeito do diretor com respeito. Ele nunca levantou a voz para mim. E isso tem seu valor, porque foi ele quem infernizou a vida de Mylene até ela sair da revista e deixar tudo para trás e começar do zero sua carreira de narradora. É claro que eu sempre fui mais inteligente do que ela, sempre tive tudo muito calculado. Jamais diria para esse velho "vai pra puta que pariu, seu retrógrado de merda", nem bateria a porta na sua cara, como ela fez. Jamais perderia meu trabalho. Todo mundo acha que minha amiga Mylene é impressionante e muito talentosa, mas se não fosse por mim, pela minha amizade, pelas histórias que eu entrego para ela, eu não sei o que seria dela. Tadinha.

Como Carrington

"Tenho tempo pra transar, mas pra romance, não." Disse assim, sem preâmbulos e na cara, ela já não sabia como sugerir que ele a levasse para a cama, porque era uma mulher felizmente casada, mas com toda a disposição para transar sem compromisso. Ele arregalou os olhos como se tivesse levado um chute na bunda. Olhou para trás, por cima do ombro, bem do jeito de quem leva um chute no traseiro. E ela se convenceu de que ele não queria ir para a cama com ela e ponto. Não. Com certeza queria mais, ligações intermináveis, falar de livros e da péssima música que ele gostava. Mas, para isso, ela tinha seu marido.

Alexander era o melhor homem do mundo. Não podia ter escolhido ninguém melhor para dividir a vida. Era pintor, com uma sensibilidade indescritível para entender as pessoas e aproveitar a vida. À medida que ela ia envelhecendo, Alexander se apaixonava ainda mais pelo seu corpo. Ele a pintava todos os meses, revelando para os próprios olhos a beleza daquele corpo feminino que desafiava a gravidade com longas caminhadas e dietas rigorosas. Alexander era o homem perfeito, mas 15 anos de casamento tinham diminuído seu apetite para o sexo. Não o dela. Enquanto Alexander se tornava cada vez mais contemplativo, ela sonhava cada vez mais em ser tocada, saboreada, chupada. Menopausa, diziam alguns.

Por causa disso, agora estava na frente de um homem que tinha visto apenas duas vezes, se esforçando para que ele percebesse que ela só precisava de sexo, saliva, orgasmos ou qualquer estado ao qual pudesse levá-la na cama. Mas o cara não entendia nada. Diante da sua declaração, ficou cego, surdo e mudo. Ela poderia apostar que ele sentiu um zumbido no ouvido de tão nervoso que parecia, e se perguntou por que precisava transar com um imbecil como aquele. Soltou o copo de água com que estava brincando. Chamou a garçonete com o olhar. Pediu a conta. Pagou. Já tinha gastado muito tempo com aquilo. Três encontros sem transar era um luxo que não podia se permitir. Para isso tinha Alexander, um homem que a completava de verdade, realmente inteligente, não como aquele cara kitsch cheio de gostos duvidosos que a desesperavam.

A garçonete chegou com a conta. Eram 50 dólares. Pela primeira vez pôde pagar sem que ele intervisse ou se propusesse a dividir. Sua proposta para transar o tinha deixado mudo ou subitamente pão-duro? Na verdade, agora tudo nele a incomodava. Tinha que sair dali. Se levantou. No fundo, tinha a esperança de que aquele homem exageradamente magro e dentuço a detivesse, aceitasse comê-la ou ser comido por ela (os detalhes não interessavam muito neste caso). No fundo, tinha a esperança de que ele não a deixasse sequer chegar até a porta do restaurante e que, ainda que fosse por orgulho ferido, lhe dissesse que sim, que podiam transar, ainda que depois reclamasse que ela era pouco romântica. Queria transar e pronto.

Nada. Caminhou uma quadra em direção à sua casa, duas, três quadras. Imaginou-o sentado à mesa do restaurante, ainda olhando assustado por cima do ombro, e se perguntou por que tinha encasquetado em foder com aquele esqueleto, que de bonito não tinha nem o nome.

Naquela noite conseguiu que Alexander a comesse três vezes, como se tivessem acabado de se conhecer. Quando terminou, pensou de novo naquele cara. Continuaria mudo, parado como uma múmia no restaurante? Tinha a impressão de que se chamava Frank. Tentava não dar muita importância para os fãs. As pessoas se surpreenderiam ao saber quantos homens se aproximam de uma escritora um pouco conhecida para tentar transar com ela. Mas não, estava claro que esse não era o caso de Frank. Quem sabe fosse gay e até tivesse se aproximado dela para estar mais perto de Alexander. Isso já tinha acontecido uma vez. E podia ser a segunda, porque tinham terminado a conversa do primeiro encontro falando de como seu marido era um pintor maravilhoso e da honra que era para um cubano ser exposto no Louvre. Imaginou aquele cara e Alexander na cama. A imagem a excitou e montou mais uma vez no marido. Ele respondeu com menos vontade. Compreensível, era a quarta vez. É certo que já não procurava por ela, mas quase nunca fazia feio quando ela precisava dele. Cavalgou em cima do marido como se o mundo fosse acabar naquela noite. Teve mais dois orgasmos. As pessoas também poderiam se surpreender com o poder de uma fantasia homossexual em uma mulher hetero. E caiu rendida quando se anunciava o terceiro orgasmo como uma coceira no clitóris. Não o alcançou, mas estava satisfeita. Soube disso porque logo perdeu a noção de onde estava. Dormiu.

No dia seguinte, no entanto, acordou pensando mais uma vez no outro. Era Frank ou Francisco? Ou era Francisco e o chamavam de Frank? Entrou no computador e procurou as fotos do evento em que tinham se conhecido. Naquele dia deu tantos autógrafos que acabou com uma dor terrível no cotovelo. Ele tinha se dado conta do seu mal-estar e se aproximou para dizer que era fisioterapeuta e que era evidente que ela estava com uma tendinite provocada, certamente, por tantas horas no computador. No começo, não viu graça nenhuma no seu aspecto e na sua conversa, continuou conversando por um tempo porque ele jurou que tinha estudado com seu irmão no ensino médio. Disse que seu nome era Frank ou Francisco? Mas o chamavam de Frank? Aguentou aquela conversa por educação e porque, por experiência, sabia que na apresentação de um ensaio sobre migração cubana poderiam acontecer conversas muito mais desagradáveis para a autora. Aguentou sem perder a paciência e sem se impressionar, mas quando ele pediu licença para tocar um ponto na sua orelha que aliviaria a dor do cotovelo; ela disse que sim, que não tinha problema; quando ele a tocou, ela sentiu as pontas dos dedos perfeitas, macias, frias, e soube que tinha que transar com ele ou aquela sensação de ser meio tocada a atormentaria por um bom tempo. Fazia mais de uma semana que tinha deixado de encontrar Marquitos. Ele tinha se tornado muito possessivo e um dia tinha brincado de que sabia como falar com Alexander para contar que estava comendo a musa dos seus quadros. Aquela nova carência conspirava para que ela estivesse obcecada por transar com aquele cara. Mas era um homem evasivo, tão evasivo que nem sequer aparecia nas fotos do evento onde tinham se conhecido.

Continuou procurando. Mais de 300 fotos e nem sombra daquele homem. Procurou no e-mail. Da segunda vez tinha mandado uma mensagem, porque ela reservava o celular apenas para os casos que se demonstravam suficientemente equilibrados e discretos, e ele não era equilibrado e muito menos seu caso. Nada, não encontrava nada, nem a mensagem, nem o número de telefone que, tinha certeza, ele tinha lhe dado em algum encontro. Mas eu nem gosto desse homem. Se emputeceu com ela mesma e fechou o computador. Sabia que se tivesse transado com ele, se ele tivesse chupado qualquer parte do seu corpo, se a tivesse penetrado, ela já teria se esquecido dele e andaria fazendo outra coisa. Mas como não disse nada, sua obsessão persistia. Pensando na ponta dos seus dedos na sua orelha, foi até o quarto e começou a tirar a roupa. Alexander entrou e a viu nua. Se excitou e a comeu mais uma vez. Agora ele por cima, exibindo toda sua beleza, sua pele perfeita, seus braços tonificados, seus olhos café cheios de desejo. E ela não parava de pensar no magrelo dentuço. Tinha sido muito direta no restaurante? Ou estava ficando velha? Já não era atraente? O corpo de Alexander caindo sobre o seu foi o aviso de que o marido tinha terminado o que ela sequer tinha começado.

Às três da tarde, cansada de esperar uma mensagem na caixa de entrada, ligou para seu irmão e lhe perguntou sobre um cara que tinha estudado com ele no ensino médio, que se chamava Frank ou Francisco, tanto faz. Julián não se lembrava de ninguém assim. Sim, é um dentuço, ela começou a descrever meio impaciente. Não. Ninguém desse jeito, como eu disse. Era impossível. Tantas coincidências a atormentavam.

À beira do desespero, com o clitóris úmido só de pensar no cara, de repente se lembrou de um conto de Leonora Carrington que tinha lido uma vez quando era jovem. Uma escritora fica obstinada por um leitor fanático de sua obra que conhece no lançamento de um livro. Transam naquela noite. Se devoram com palavras, com beijos, com a língua. Se separam ao amanhecer. Mas a escritora, obcecada pela experiência, procura o jovem à tarde, para exigir que ele seja seu amante. Ao chegar na casa em que o jovem disse que morava, uma senhora de meia idade a recebe. A escritora diz que está procurando um jovem magro, estudante de medicina. A senhora começa a chorar. Que medo! A escritora está procurando o filho da senhora, mas (surpresa!) o jovem está morto há um ano e meio. Ao saber disso, a escritora se suicida, jogando-se de uma sacada na Praça da Constituição no México. Que tragédia! Nem a pau, ela não é uma dessas, nem tão dramática como Carrington, nem iria se suicidar por causa de um cara que escuta música pop. Já chega. Foi para o quarto, fechou a porta e, do telefone vermelho da mesa de cabeceira, ligou para Marquitos. "Preciso te ver, Marcos. Amanhã não. Hoje à tarde."

Confissões de adulto

Nas lembranças da minha infância, sempre aparece a imagem de meu pai colocando nos meus ombros uma jaqueta azul e vermelha, o único tesouro que conquistou durante seus anos de soldado em Angola. Me agasalhar era um gesto obrigatório antes de sair de casa para assistir a algum jogo de beisebol no Estádio Latino-americano porque lá "sempre tem vento", ele me dizia.

Meu pai, atlético e bonito, bruto e carinhoso ao mesmo tempo, alguém que eu jamais vi praticando esporte, que não me convidava para um jogo de bola específico, mas para todos, todos os dias, exceto aos finais de semana porque "o estádio fica muito cheio".

Ele sempre quis ter um filho homem, mas a vida me colocou em seus braços, pequena e sem cabelo, para lhe provar que na verdade o que queria era ser pai, sem importar o sexo da pessoa a quem iria dedicar seu amor. Mesmo assim, me ensinou a arrumar o encanamento entupido da velha lavanderia, a martelar as gavetas do closet da minha irmã, a pintar o teto de madeira da sala de visitas e da sala de jantar e a arrumar a bicicleta em que, todas as tardes, ia e vinha do seu trabalho como um trota-mundos. Também me ensinou a compartilhar poesias, repetindo *Pedro Navaja* no velho gravador azul que embolava as fitas cassete. Durante muito tempo acreditei que as idas e vindas ao Estádio Latino-americano faziam parte dessa cultura livre de preconceitos que ele me incutia com a permissão da minha mãe.

Por isso, o Estádio Latino-americano de minha infância é um lugar frio e deserto, onde entrávamos sem pagar, para sempre ver o mesmo torcedor (ou outro muito parecido) gritando apaixonadamente para o treinador, para o árbitro ou para qualquer jogador, como se tratasse de um jogo decisivo.

Essa imagem do Latino mudou na adolescência. Quando completei vinte anos, o Estádio se tornou um lugar de encontro com os amigos, um lugar onde meu pai não cabia. Claro que a gente escolhia os jogos que ia assistir, porque tinha que ser o mais polêmico, o mais cheio, o que nos garantisse uma boa gritaria com algum *home run*. Já na entrada, uma sensação de culpa embargava a euforia do meu estado de ânimo quando pensava que tinha deixado sem companhia o homem que me iniciou na cultura das bolas e strikes.

Em um desses dias em que a saudade exige reconciliação com o passado, fui procurar meu pai na casa da sua nova família. Me sentei na sala e liguei a televisão. Na Telerebelde, o empolado Aurelio Prieto entrevistava o inigualável receptor de Pinar del Río, Juan Castro. Tudo ajudava. A sorte estava do meu lado. Em "Confesiones de grandes" quase sempre falavam de bola, mas se Juan Castro estivesse era como estar vendo as grandes ligas do programa. Então aproveitei um silêncio da entrevista, ou um comercial em que anunciavam os preservativos Vive para finalmente quebrar o gelo: "Olha que coincidência, hoje jogam Industriales e Pinar del Río no Latino. Em quem você aposta?". Era uma ingenuidade fingida, disfarçando o convite para que tudo parecesse natural. "Em ninguém", ele respondeu. Não tinha outra escolha além de ser mais direta: "Pai, a gente tinha que ir pro Estádio, o jogo de hoje à noite vai ser ótimo". "Não, filha, não, eu não gosto de bola", disse sem parar de se balançar na sua cadeira verde de vime. Disse aquilo como se não estivesse abrindo o chão sob meus pés. Eu não estava surpresa, estava perplexa. Ele, impassível. "Pai, não me sacaneie, você me levava todos os dias no Estádio quando era pequena, como diz agora que não gosta de bola?". "Não, minha filha – repetiu – eu fazia aquilo pra sair de casa, porque a sogra me enchia o saco. Eu nunca gostei de bola."

A editora

Os nomes e os números de telefone delas estavam escritos a lápis na última página de quase todos os livros da sua biblioteca. Não sei se elas mudavam muito de trabalho e queriam ser sempre localizadas ou se ele copiava seus números em qualquer livro que estivesse lendo, para ter a certeza de que sempre poderia ligar para alguma delas. Seus nomes, seus telefones e, nos piores casos, alguma mensagem de amor, azedavam o final de cada romance policial ou de um ensaio literário que ele me emprestava para compartilhar comigo sua enorme paixão literária.

Nunca reclamei em voz alta. Era o passado dele e, quando começamos a sair, me advertiu de que eu podia desrespeitar qualquer coisa, menos o tempo em que não nos conhecíamos. Mas era muito tempo, eram muitas últimas páginas para meu ego frágil. Era difícil estar com um escritor e saber que eu jamais seria a musa dos seus contos, e que nem apareceria nas suas colunas semanais. Na verdade, sempre tinha outras mulheres (feias, delirantes, dentuças, filhas da puta) por trás da descrição daquelas personagens que ele jurava que eram eu, mas que eu sabia que não eram.

A prova era que ele jamais escreveu meu nome na página de nenhum dos seus livros. Tatuou meu nome no braço direito, mas jamais, jamais, o escreveu em um livro. Como se eu não soubesse que tatuagens podem ser apagadas com ferro quente. Também nunca me dedicou um pensamento embaixo do número de exemplares desta ou daquela edição. Agora entendo que em parte a culpa era minha. Nunca lhe dei tempo para que sentisse minha falta. Ficava todas as tardes na porta da sua casa esperando ele voltar de dar aulas; ligava todas as manhãs para dar bom-dia e to-

93

das as noites antes de dormir rezava pelo seu amor. Três semanas depois de conhecê-lo, até abandonei o trabalho para evitar que ele tentasse me encontrar e não conseguisse.

Desde o começo, preferi estar de corpo e alma e não marcar distâncias telefônicas no caminho. Não me arrependo. Eu não sou como aquelas covardes cujos nomes ele tinha que anotar na última página de cada livro para poder se lembrar delas.

Mas aprendi que aos amantes que são escritores (ou aos escritores escolhidos como amantes) é preciso dar um pouco de sofrimento como inspiração. Doses de drama ou distanciamento, eles não distinguem, são como cachorros que preferem comer osso de galinha. O nome e o telefone daquelas mulheres, todas mais velhas e muitíssimo menos sensuais do que eu, escritos a lápis na última página de cada livro da sua biblioteca, foi uma dor sentida muitas vezes na minha vida para não deixar sequelas. Eu tinha certeza de que elas eram fantasmas que tinham combinado repetir seus nomes com o único propósito de me martirizar.

Foi por culpa de todas elas que comecei a escrever meu nome e número de telefone nas páginas dos livros que comprávamos. Como bem diziam minhas amigas feministas, eu não precisava nem que o escritor nem que ninguém além de mim me definisse em uma frase a lápis. Eu podia e devia fazer aquilo com minhas próprias mãos. Estava construindo, fria e calculadamente, a possibilidade de um dia abrir algum livro ao acaso e encontrar na sua última página algum pensamento dedicado a mim. Tinha imitado durante tantas horas a letra do escritor que algum dia eu mesma confundiria minha grafia com a dele. O mais importante, o principal, era ver meu nome na última página de todos os livros novos e saber que aquelas mulheres já não ocupariam o lugar que me pertencia.

Passaram vários meses nos quais cumpri com rigor esse exercício. Não foram poucos livros. Leio em média dois livros por semana. Assim, em seis meses, mais ou menos 48 livros tinham meu nome e sobrenome na última página. Também comecei a anotar meu endereço. Mas como sempre eram as mesmas palavras, me entediei. Então dei início a uma espécie de imitação de uma biografia mínima: escrevia meu nome acompanhado de desconcertantes frases surrealistas como "caminha igual a mulher de Antonio e tem um olho na canela" ou "é um buraco negro em um furo azul". Escrever se tornou um vício.

As minibiografias do absurdo se tornaram frases cada vez mais extensas, poemas sem métrica definida, ideias, anseios, ciúmes, desejos de vingança. Começavam na última página de um livro e, às vezes, precisava de até três volumes para completá-las. Mas nenhum esforço literário parecia o bastante para superar o fantasma daquela biblioteca gigantesca. Às vezes, quando pegava livros para consultar em alguma estante empoeirada da casa do escritor, tinha que apagar o nome daquelas putas antes de escrever o meu. Aquilo era a coisa mais humilhante, apagar outro nome para escrever o meu. Por isso, já não era suficiente escrever meu nome, sobrenome, endereço e minibiografia insólita, também precisava escrever poemas enérgicos, terapêuticos, que contassem o quanto aquele escritorzinho me amava, que fabulassem sobre sua fidelidade, sobre meus sucessos na vida.

O processo de renovação literária e sentimental ia de vento em popa. Até que encontrei na última página de um livro de física quântica um poema que ele tinha escrito em 1986 para "a amada dona de umas pernas de marfim". Foi por causa desse poema que nasceu minha primeira coletânea de poemas em 15 volumes. Tive que passar seis dias inteiros, sem dormir nem comer, escrevendo quadras para me esquecer daqueles versos. Devo confessar que me caguei nas calças duas vezes para não parar de escrever, mas terminei os 15 volumes. A coletânea mudou a história da literatura deste século e mudou minha vida. Não apenas porque quem a lê, acaba morrendo, mas também porque marcou o final da minha relação com aquele ingrato. Comecei a me valorizar. Parei de ligar de manhã, deixei de procurá-lo no final das suas aulas. Só entrava às vezes na sua casa de madrugada, sem incomodá-lo, para pegar alguns livros da sua biblioteca e continuar escrevendo. Parece que ficou preocupado comigo, com meu silêncio, porque me lembro que uma vez ligou para a polícia.

Não dei importância para nenhuma dessas coisas. Continuei escrevendo. Um amigo me pediu emprestado um livro de contos curtos que se intitulava *Muecas para escribientes*. Eu não me lembrava que aquele exemplar fazia parte da minha obra poética em 15 volumes. Emprestei sem segundas intenções. Logo depois de abrir o livro, ele me ligou, admirado por tudo aquilo que chamou de uma loucura minha. Sem entrar em muitos detalhes, lhe confessei que escrever nas margens dos livros tinha se tornado o sentido da minha vida. Pelo telefone, meu amigo falou alguma coisa sobre meu talento extraordinário e sobre uma editora interessada em produções naïf. Não me lembro de todos os detalhes, mas uma semana depois estava assinando o primeiro contrato com a editora Anajalbo. Por isso, quando o jurado me pediu um discurso pessoal e íntimo para agradecer este maravilhoso Prêmio Cervantes, não pude evitar de dedicá-lo à Anajalbo. Obrigada, colegas, pela admiração infinita. Mil vezes obrigada.

História da garota que apanhou por romper a ordem natural das casas e das coisas

Para E.G.

Nem sequer os bons dias são realmente bons sem café, pensou Yoana enquanto jogava abaixo o armário da cozinha, mexendo nos potes cheios de açúcar e formigas, nos sacos de arroz, nas latas com feijão e carunchos. Procurava pelos restos de um pó preto, que ela estava certa de ter tomado na noite passada. Obstinada é a esperança dos viciados. Continuaria revirando latas vazias por mais vinte e sete minutos. Esse era mais ou menos o tempo de que precisava para se convencer de que já tinha tomado o café que procurava, mas antes, durante os longos vinte e sete minutos de resignação, a vontade de tomar café aumentava até sufocar o peito. Porque o café que não estava no armário da cozinha também não estaria no armazém mais antigo, onde latas de bolachas agora guardavam arroz, e nem na casa de Cuca, que vendia de tudo – até carne de boi, fale baixinho porque ainda é proibida – menos café e cigarros, "porque os viciados me acordam de madrugada e pra isso não tenho saco", repetia como uma vitrola engasgada.

Faltam 13 minutos para Yoana se convencer de que se quiser tomar café, terá que bater perna para encontrá-lo em algum mercado clandestino. Enquanto o tempo passa devagar, para seu desespero, Pito, na casa ao lado, começou a tocar no velho piano da sala uma peça de Beethoven. Não sei de qual sinfonia se trata, nunca fui muito bom para memorizar os nomes das músicas, nem dos livros, nem dos escritores. Talvez Pito esteja tocando Bach,

Juan Formell (da orquestra Los Van Van) ou El Tosco, que está na moda com seus refrães vulgares, mas digo Beethoven para dizer alguma coisa que soe culta, porque estou tentando transmitir a ideia de que Pito era um homem muito lido e estudado. Minhas ruas o receberam quando ele mal tinha completado 22 anos. Naquela época, tinha uma sólida carreira como tradutor e guia turístico em Tropicana, mas se mudou para o Cerro fugindo do sogro. Pito era preto como carvão e, em 1952, se casou com Micaela, branca como leite pasteurizado, azeda como leite estragado, fato que o sogro nunca perdoou. Desde então, encrencou com o sogro e isso Micaela não pôde perdoar, sempre que brigava com ele, gritava a mesma coisa: "preto filho da puta, nunca deveria ter me casado com um preto azul, azul!", como se Pito não soubesse que era azul, mas que azuis também eram seus dedos mágicos, que tinham tirado os melhores orgasmos da partitura de uma jovenzinha do bairro e que agora tocavam as melhores melodias jamais ouvidas daquele decrépito piano.

E enquanto Yoana revirava durante mais alguns minutos o armário, Pito se esquecia dos gritos azuis de Micaela e da vontade de fumar um cigarro tocando aquele velho piano só para ele. Um maço de cigarros custaria 120 pesos ou um dólar, e tinha recebido 80 pela aula de inglês do dia anterior, mas precisou comprar um saco de leite de 20 pesos, de modo que, por pior que fosse em matemática, sabia que era melhor tocar piano, porque não tinha dinheiro para comprar cigarros. Beethoven vai e Beethoven vem. E Pito imaginava que a partitura era uma nuvem de fumaça de tabaco, que saía da sua boca depois da primeira tragada, que era sempre a melhor porque era a mais fresca.

Pito tocava piano com a mesma paixão com que naquele mesmo instante Evaristo pegava as tetas da sua mulher na sala da sua casa. No bairro, todos diziam que Evaristo era bicha, mas, na verdade, ele era um cara honesto. Era louco pelas tetas marrons e duríssimas de Juana, transava com ela todas as manhãs só para ver o movimento daquelas tetas mitológicas que mudavam de cor com a luz do sol que entrava pelas janelas. Apertava cada uma delas com uma mão enquanto a base do seu saco se encolhia mais e mais, anunciando que o final daquele espetáculo estava próximo. Aquele orgasmo matava sua fome matinal e a vontade de tomar café, por isso transava com Juana todas as manhãs com a mesma vontade, porque aquelas tetas deliciosas eram sua salvação. Com a mesma paixão com que Juana saciava sua fome pelas manhãs, Evaristo pulava o almoço enfiando na boca o pau duro de Ramón. Graças ao leite humano, conseguia ficar sem comer até a hora do jantar. Quando essa dieta for patenteada, ninguém vai se lembrar de Evaristo, mas eu sei que foi ele quem a criou à custa de fome e de desejo.

Ramón, o amante de Evaristo, tinha nome de líder comunista: "Ramón González, ao seu dispor". E aquele nome era a única coisa viril que ele tinha, porque era meigo como uma menina de 15 anos, ainda que já tivesse passado dos 40 e acumulado mais de um milhão de amantes, mas não de amigos. A pele das suas mãos era translúcida. Durante muitos anos tive medo de que desaparecesse em algum verão, atravessado pelos raios do sol de agosto, mas Ramón nunca deixou que eu fantasiasse muito com meus temores em relação a ele, porque sempre andava com uma sombrinha se protegendo do sol. Dizem que Evaristo se apaixonou por ele precisamente porque, como era pintor, sonhava em ter Ramón tão branco e Juana tão perfeita na mesma cama, mas eram as pessoas que queriam encontrar aquelas explicações pervertidas para tudo, porque, no final das contas, Evaristo pintava casas e nunca soube nada de cores primárias nem secundárias, apenas de pincéis bons ou ruins. Eu sei, porque vi no dia em que aconteceu e também muito antes de que acontecesse, o que enlouquecia Evaristo era que Ramón tivesse um pinto muito maior que o dele, que ele deixava chupar todos os dias, até três vezes, com a mesma ereção satisfeita e que fosse um grande produtor de leite humano. "Você é a coisa mais nojenta do mundo, meu menino, a mais nojenta", repetia um Evaristo enternecido e emocionado todos os meios-dias, com os olhos cheios de desejo e a barriga cheia de leite do delicado Ramón González.

As pessoas do bairro ainda não acreditam que foi Virgilio quem iniciou Ramón na vida sexual promíscua que agora estava levando. Virgilio gostava dos pretos, pretos como Pito (ainda que esse não achasse nenhuma graça nisso), pretos como Juana, pretos como o café que Yoana ainda estava procurando no armário, preto como sempre achou que Ramón fosse. "Você tem um cacete que parece de preto", Virgilio tinha dito em um agosto igualzinho a este, mas há exatos oito anos e a partir daquele dia fechou os olhos cada vez que comeu a bunda de Ramón ou que se deixou comer, para nunca ver a brancura do rapaz. O dia em que Ramón e Virgilio transaram pela primeira vez era cinco de agosto e nenhum dos dois suspeitava de que aquele idílio ia terminar muitos anos antes do que o esperado, com a repentina morte do velho curandeiro. Ramón chorou muito naquele dia. Tinha transado poucas vezes com Virgilio, mas acreditou que nele encontraria um lar, um prato de comida de vez em quando. Ramón chorou muito quando Virgilio morreu, mas não sabia se chorava de amor ou de fome. Naquela mesma tarde deixou que Evaristo chupasse seu pau pela primeira vez, e encontrou nele um consolo para a solidão, apesar de ter que resolver a fome de outra maneira.

Yoana desistiu de procurar o café na cozinha, mas não se animou a ir procurá-lo na casa de Ángela, que com certeza era a única que teria a essa hora. Sabe que se não tomar café vai sentir

100

sono, mas resiste. Senta-se para escrever um pouco. Não sei como não se cansa de se submeter sempre ao mesmo ritual de mulher amargurada. Lola, a da pensão, acha que se não fosse pelo desabastecimento, Yoana teria se tornado alcóolatra por tantas desgraças que inventa. Eu sei que ela vai se suicidar em menos de seis meses, mas agora só coloca o ponto-final do primeiro parágrafo de um conto que está escrevendo sobre as pessoas do bairro, no exato momento em que Evaristo esguichou nas tetas de Juana, pintando-as de um branco intenso que inevitavelmente fez ele se lembrar da pele perfeita de Ramón González.

Pito continua tocando piano. Isso quer dizer que nem Beethoven – nem El Tosco? – conseguiu aplacar sua vontade de fumar. Sempre me pergunto quais são as chances de eu ter visto nascer dois artistas em um bairro como esse: Pito, tradutor e músico; Yoana, escritora. Mas, na verdade, foi por culpa dele que ela quis começar a escrever. Sempre foi muito competitiva, mas não tinha talento para a música. Na verdade, também não tem para a escrita, mas como recebeu dois prêmios da União Nacional de Escritores e Artistas de Cuba, acha que é extraordinária, e não percebe que a União distribui prêmios como pão por caderneta de abastecimento. Verdade seja dita: ele toca piano mil vezes melhor do que ela escreve. No som das notas se emaranhando no ar, posso ver claramente a nostalgia de todos os bifes que Pito gostaria de ter comido nesses anos, de todos os cigarros que queria ter fumado, mas o teclar na máquina de escrever parece um ato sem sentido, que ela vende como uma expressão de dor, mas sei que nenhum dos seus verdadeiros desejos estão ali. Ela só quer tomar café e depois morrer.

Onelia, por outro lado, não pensa como eu. Não leu nenhum dos livros escritos por Yoana, mas prefere o silêncio da escrita no qual sua vizinha se submerge todos os dias. Porque

101

Onelia foi acordada mais uma vez pela música do piano de Pito. "Monstro azul", repete baixinho sua própria versão da praga de Micaela, enquanto se obriga a se levantar da cama. Sem escovar os dentes, pega a vassoura e começa a varrer, como se Pito a visse e não pudesse culpá-la de estar varrendo com o único pretexto de bater na parede de sua casa e incomodar o outro que continua sentado ao piano. Pam, pam, pam, mas as notas estão em um tom tão alto que Pito não escuta as vassouradas. Pam, pam, pam. Da segunda vez, Pito se dá conta do barulho, acha que é seu estômago roncando, avisando que não fumou, nem tomou café da manhã. Senta-se na ponta da banqueta como se estivesse à beira de um precipício. Toca ainda com mais força para calar o corpo. Onelia corre até o rádio para colocar no volume mais alto algum programa que possa competir com o barulho do vizinho. Então constata que está condenada a viver naquele inferno. "Puta que pariu, mais uma vez o dia começa sem luz" e vai tirar da tomada a velha Westinghouse, era a 643ª vez que desligava a geladeira nos últimos dois anos. Ela não sabia, mas eu estava contando.

Gloria, a mãe dos Cujeyes também tira a geladeira da tomada, mas a falta de energia é o menor dos seus problemas. Não quer que seus filhos terminem a noite brigando. Os três homões, com corpos bonitos e sapatos gastos, estão desde às oito da manhã sentados na porta de casa, matando tempo para começar a beber rum. Geralmente começam às 10h, mas hoje vão demorar um pouco mais, porque estão escutando Pito tocar piano. O piano de Pito e a falta de rum Caney para comprar na casa de Cuca eram os únicos milagres esporádicos que podiam fazer com que os irmãos demorassem a se embriagar. Quando não tinha rum, saíam para pedir para algum vizinho um pouco de vinagre, para cozinhar o álcool 90 que acabavam tomando. Os Cujeyes gostavam tanto de rum quanto de escutar o piano de Pito e ele os mantinha entretidos mais um pouco, sentados os três na calçada, sem álcool nem nada, porque Pito tinha se estendido naquela manhã. Pensando agora, é estranho que estivessem escutando El Tosco com tamanha atenção, então com certeza naquele dia Pito estava tocando Beethoven. Por todas essas coincidências da fome e da vontade de fumar e de beber, os irmãos Cujeyes são os primeiros a avistarem o garoto de bicicleta, parado na esquina como quem espera alguma coisa, mas que no fundo não espera nada. Acham que é um cagueta daqueles que amanhecem de vez em quando naquela mesma esquina, para controlar as vendas de Cuca – supõem – ou para vigiar alguma coisa, ou para brindar-lhes, simplesmente, com a sensação de que estão sendo vigiados. Fazia muito tempo que meu pessoal tinha parado de se perguntar sobre a função exata daqueles policiais vestidos à paisana nas esquinas da quadra.

O primeiro que parou naquele lugar, sem bicicleta e com cara de perdido, usava um pulôver verde fosforescente que dava para enxergar a mil léguas de distância. Era um mestiço com cara de palestino – palestino do Oriente, do Oriente que aqui não é o Oriente Médio, mas Santiago de Cuba –. Ninguém soube por quê, mas todo mundo entendeu que era da polícia. Naquele dia, Cuca não quis vender nem leite, nem ovo, nem arroz, nem rum. Os Cujeyes entraram cedo para dentro de casa e passaram o dia sem beber nem um gole d´água. Gloria estava nas alturas pela tranquilidade de seus filhos. Ninguém reclamou naquela manhã quando cortaram a luz e dizem que Onelia nem se atreveu a tirar a geladeira da tomada, mas esse detalhe que todos relatam como verdadeiro, é apenas um exagero, porque eu vi como desligava dissimuladamente os velhos aparelhos da sua casa. O que Onelia não fez foi bater com a vassoura na parede da casa de Pito, também pudera, teria sido muito cinismo da sua parte já que Pito nem tocou piano naquele dia. Os vizinhos encontravam mil subterfúgios para olhar furtivamente pelas janelas e constatar que o pulôver verde-cheguei com cara de palestino ainda estava lá, como o dinossauro.

No dia seguinte, foi a vez de uma mulher ficar parada na esquina. Tinha a pele bronzeada e um quadril que Evaristo lamberia com gosto, porque, além disso, como ele mesmo observou, tinha o cabelo pintado de loiro platinado. Como o do pulôver verde não tinha tomado nenhuma medida extrema, nem tinha deixado nenhuma mensagem clara, Cuca se arriscou a vender dois ovos para Isabel, que tinha implorado quase que de joelhos, porque não tinha nada para dar de comer para o filho. Evaristo, alvoroçado com a visão daqueles quadris vigilantes, se atreveu a entrar na casa de Ramón às três da tarde, porque no dia anterior, com receio do policial mestiço, passou na frente da porta do amante, mas a fome não foi o bastante para se encorajar a entrar para tomar leite. A loira platinada, no entanto, estava com sandálias e, se corresse atrás de alguém, essa pessoa teria mais chances de escapar do que dos coturnos que o mestiço usava, ainda que Evaristo não tivesse tanta certeza se ela também teria a missão de prender quem quer que estivesse procurando, ou se primeiro ela ligaria para pedir reforços. Ninguém pensava naqueles detalhes e Evaristo menos ainda. Naquela tarde, chupou quatro vezes o pau de Ramón antes de se dar por satisfeito. "Como ele fica grande depois que você goza, não acredito!", se admirava sempre com autêntica ingenuidade. Já disse, era um cara honesto. No dia da loira na esquina, um dos irmãos Cujeyes também saiu para a rua. Buscou um pouco de vinagre na casa de Yoana, ela sabia que era para cozinhar o álcool, mas deu "pra ver se estouravam de uma vez e deixavam Gloria tranquila". E, de fato, os três beberam a tarde inteira, na sala de casa, mas não se pegaram... até muito tarde da noite, quando a loira já tinha ido embora.

No terceiro dia, um chinês parou na esquina. No quarto dia, não foi ninguém. No quinto, uma senhora muito gorda, com umas tetas muito duras que Evaristo teria adorado saborear e com as que fantasiou como tinha fantasiado com o quadril da loira. Naquele dia, também fez com que Ramón ejaculasse quatro vezes. No sexto dia, voltou o mestiço de pulôver verde. Sem entender muito bem por quê, todos sentiram menos receio ao ver um rosto conhecido na esquina. Lola passou e o cumprimentou. O mestiço respondeu educadamente o cumprimento altivo da mulher. Assim, as pessoas do bairro começaram a perceber que aquilo se transformaria em uma rotina com a qual teriam que aprender a conviver, uma rotina de vigilância que lhes daria certa margem de liberdade. Então, no dia em que o mestiço palestino voltou, os Cujeyes saíram para beber rum na calçada e Ramón recebeu apenas três mamadas da boca de Evaristo, que o deixaram tão excitado como se nunca tivesse sido chupado. Nem todos os vigilantes cumprimentavam as pessoas do bairro com regularidade, quase com carinho, como o mestiço fazia, mas todos cumpriam com o mesmo ritual de ficar na esquina por algumas horas e desaparecer somente quando os vizinhos tinham se acostumado a vê-los ali.

Por isso os Cujeyes não se admiram agora ao ver o garoto com a bicicleta na esquina, nem vão avisar Cuca de que não é conveniente vender nada. Nem Onelia desliga a geladeira aos berros. Nem Pito levanta as mãos do piano. Nem Juana liga para Yoana para lhe avisar que um policial à paisana está outra vez na esquina. Todos continuam nas suas coisas, na sua fome ou na sua arte, porque definitivamente ver o garoto da bicicleta na esquina faz parte dessa rotina sem cor que cada um se viu obrigado a pintar com suposições.

Soam as 12 badaladas que anunciam o meio-dia no relógio russo de Gloria. O movimento da manhã, o barulho do piano e da máquina de escrever diminuíram até se converterem em um silêncio letárgico sobre minhas ruas. Um grito que parece o apito de um trem rompe a calma. "Pega, filhodaputa, pega." É um código, um chamado de guerra, diante do qual todos sabem que precisam reagir, pelo menos indo até à janela empoeirada. Porque "pega" é o contrário de "água". "Água" é solidariedade perante a polícia inoportuna que vem para fechar um comércio de família, "pega" é a ausência total da polícia, "pega" é a presença de outro ladrão mais difícil de detectar porque não usa uniforme, "pega" quer dizer que talvez esteja levando uma galinha ou uma calcinha pendurada no varal. "Pega, filho da puta." "Pega" é um grito de ajuda, adornado pelas ofensas ditas para o ladrão como se ele estivesse bem na sua frente.

Os Cujeyes, que tinham fugido do sol do meio-dia que batia nos dois lados da calçada, correram como três loucos para a porta. Gloria faz o sinal da cruz na frente da geladeira e pede a todos os santos que seus filhos não se metam em confusão. Onelia acorda com o grito. "Que sorte a minha, meu cacete", tinha voltado a se deitar porque fazia mais ou menos meia hora que Pito tinha parado de tocar piano, mas lá está ela de novo, correndo até a porta de casa procurando respostas. Yoana também acorda, renunciando ao sono que sentiu por não ter tomado café. Pensa duas vezes, mas acaba saindo para a rua, estão gritando "pega", que não é qualquer coisa, mas uma coisa séria. Os vizinhos abrem mão daquele meio-dia que parece outra noite no bairro; abrem mão da sesta que não fazem depois de um banquete, mas sim para esquecer que é hora de comer. Naquela hora de silêncio, que o sol aproveitava para rachar as pedras, Evaristo tinha entrado na casa de Ramón para chupar seu pau, mas a segunda mamada foi interrompida pela escandalosa voz desconhecida. "Pega" é a palavra que une todos.

Uma mulher magra, parada no meio da rua, continua gritando. "Pega, filho da mãe; pega, filho da puta; pega, criminoso; pega, ladrão..." em uma combinação infinita de sintagmas que mesmo eu, que tenho boa memória, não consigo me lembrar. Instintivamente, todos olham para a mulher e, depois, todos olham para a esquina. Procuram o garoto de bicicleta, o policial que vigia seus meios-dias e que supunham que algum dia poderiam chamar para socorrer suas necessidades, mas não. O rapaz não está. "O que foi, senhora? O que foi?", pergunta Evaristo para a mulher, enquanto limpa com seu lenço branco e cheiroso os restos de leite que Ramón tinha deixado em seus lábios. Entre gritos e soluços, a mulher explica. Um garoto de bicicleta veio da esquina, na surdina, na direção dela, por trás, filho da puta, um garoto de bicicleta arrancou sua corrente de ouro com uma medalha de Santa Bárbara desse tamanho.

Ninguém acreditou nela. Bando de famintos cegos pela vigilância. Agora se dão conta de que as roupas do garoto da bicicleta estavam rasgadas. Agora percebem pela primeira vez que o da esquina, quem sabe, não fosse um cagueta, nem um policial, nem um dedo-duro; era um trombadinha, mão-leve, ladrão. Mas que aquela garota com voz estridente e o pescoço vermelho do arranhão viesse revelar para eles a verdade, por algum motivo, incomoda a todos. Aquela garota que jura que arrancaram sua corrente de ouro que, com certeza, nem de ouro era, roubou deles o torpor do meio-dia. "Mas, minha filha, e por que você anda com uma corrente de ouro neste bairro?", lhe pergunta Gloria, a mãe dos três Cujeyes, que começaram a tirar sarro dos gritinhos da moça. Yoana responde pela mulher: "Porque é uma anormal, Gloria, não dá pra ver pelo corpo?". A ira sobe dois tons também na boca de Pito: "Senhora, é preciso ter um pouco de sensatez", e Micaela, a azeda, lança para ele um olhar fulminante, porque não suporta que até para ofender seu marido azul seja tão polido. Evaristo aproveita os gritos que vão aumentando e escapole outra vez para dentro da casa de Ramón. Sente que hoje poderia chupar seis, dez vezes o pau dele. O deus grego continua jogado no sofá, com uma bermuda desfiada até o joelho. Recebe o amante com um sorriso e Evaristo nota, pela primeira vez depois de tantos anos, que Ramón tem dois dentes faltando. Seu desejo aumenta com a imagem decadente do homem invisível deitado no sofá.

Juana, que saiu de casa depois do último grito de "pega", chega a tempo de ver a luxúria estampada no rosto do marido antes de ele fechar a porta da casa de Ramón. Em meio ao movimento, ela tinha feito o que sabia que não devia: estar na rua a essa hora do meio-dia. Enquanto caminha entre o tumulto das pessoas, imagina Evaristo sacudindo o pinto de Ramón com as mesmas mãos com que toca suas tetas pela manhã. E, no seu pensamento, o pau ereto de Ramón é dez centímetros maior do que é na verdade. Algo grotesco, irreal, delicioso. Juana balança a cabeça tentando apagar a imagem. Corre até onde está a garota com o pescoço vermelho. A imagem do pau de Ramón a persegue. Juana vê a garota chorando em meio à multidão e a mulher é para ela a encarnação da pica jurássica de Ramón. Escuta como Onelia chama a garota de estúpida, escuta Yoana mandando à puta que a pariu, que ninguém conhece, mas que todo mundo sabe que deve existir, que deve ter existido em algum momento. Evaristo volta a colocar o pau de Ramón González na boca, no mesmo segundo em que Juana dá o primeiro empurrão na garota.

Naquela tarde, ninguém voltou a pensar no ciclista da esquina, que não era cagueta. Todo mundo tentava entender por que Juana tinha tanto ódio da garota. "Alguma coisa essa mulher fez pra ela, acredite no que eu digo, Juana é uma pobre coitada", disse Onelia para Micaela no dia seguinte, enquanto as duas poderiam jurar que conheciam aquela mulher de algum lugar. Naquela tarde, ninguém voltou a pensar na bicicleta depois que Joana mandou a garota para o hospital. Ramón González gozou sete vezes na boca de Evaristo.

Sobre a autora

Dainerys Machado Vento (Havana, Cuba, 1986) é escritora, jornalista e pesquisadora. Suas histórias apareceram em várias antologias publicadas no México e Estados Unidos. Em 2021 a revista Granta colocou seu nome entre os melhores escritores de língua espanhola com até 35 anos. Doutora em Estudos Literários, Culturais e Linguísticos pela Universidade de Miami. Seus artigos foram publicados em revistas como *Cuadernos Americanos, Hemisférica, Decimonónica, Revista Horizontum* e *La Gaceta de Cuba*. Autora dos livros *As Noventa Havanas* e *Retratos de la Orilla*. Este é seu primeiro livro publicado no Brasil.

Sobre a tradutora

Nylcéa Thereza de Siqueira Pedra é professora no curso de Letras da Universidade Federal do Paraná. Atua principalmente na área de ensino de espanhol como língua estrangeira, suas respectivas literaturas e tradução. Como tradutora literária, já traduziu para o português várias obras de autoras contemporâneas da literatura espanhola e hispano-americana e também as *Doze Novelas Exemplares* de Miguel de Cervantes.

Este livro foi produzido no Laboratório Gráfico
Arte & Letra, com impressão em risografia
e encadernação manual.